擦肩而过

徐天铎 著

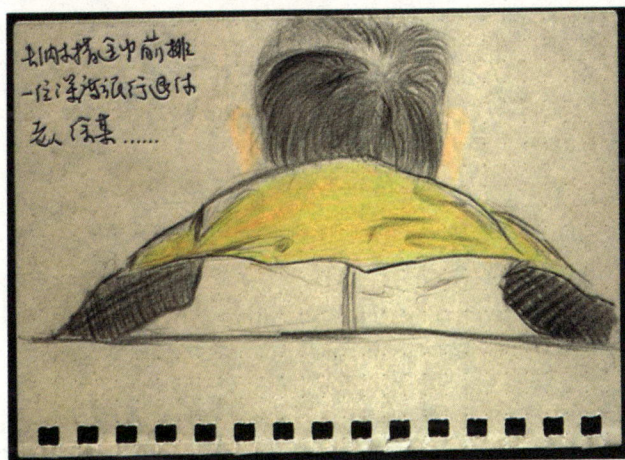

北京航空航天大学出版社
BEIHANG UNIVERSITY PRESS

内容简介

本书收录作者大西部旅行笔记数十篇，以朴素的语言、写实的手法、配以生动的图片，展示了西部旅行的奇遇和那块纯净土地的万种风情，生动、真实，既有知识性，又有思想性，揭示了各地民俗的内涵，也对中华文化进行了一定探讨。

图书在版编目（CIP）数据

擦肩而过 / 徐天铎著 . -- 北京：北京航空航天
大学出版社，2016.3
ISBN 978-7-5124-1505-8

Ⅰ . ① 擦… Ⅱ . ① 徐… Ⅲ . ① 游记 - 作品集 - 中国 -
当代 Ⅳ . ① I267.4

中国版本图书馆 CIP 数据核字（2014）第 041945 号

擦肩而过

徐天铎 著
策划编辑：谭 莉
责任编辑：崔昕昕

*

北京航空航天大学出版社出版发行

北京市海淀区学院路37号（100191） http://www.buaapress.com.cn
发行部电话：（010）82317024 传真：（010）82328026
读者信箱：bhpress@263.net 邮购电话：（010）82316936
北京尚唐印刷包装有限公司印装 各地书店经销

*

开本：700×1000 1/16 印张：15.5 字数：236千字
2016年4月第1版 2016年4月第1次印刷
ISBN 978-7-5124-1505-8 定价：49.80元

自序

五十年前，读初一的时候，一本叫《旅行家》的杂志深深吸引了我。那时就幻想做个旅行家，快乐地在全世界走一走。然而那个年代，各种条件都不具备，幻想只能是幻想。

工作以后，有了去外地出差的机会，跑了一些地方，但那种不系统且断断续续的、跳跃性强又不能自我选择的出行，对于希望更深入了解各个地域自然风貌、深入探访各个民族风土人情的我来说，显然远远不能满足梦想。

终于熬到了退休，有大把时间了，我开始规划旅行。这些年来，每年都要出去走一走。特别是2006年至2010年间，我用了集中的时间，集中精力投入了"行摄中国"的旅行。2006年140天——四个半月，2007年260天——八个月，2009年230天——七个半月，2010年66天——两个多月，至此踏遍祖国大陆90%以上的地区。2011年以后继续进行短期补遗性旅行，每次也都在一个月左右。

每次旅行出发前，我都会有一个大致的行走路线，至于要看什么，看点是什么，事前会有挑选和安排，但能不能看到、看到的究竟是什么，则完全是随机的。路上，我每天都记日记，记录旅行路上发生的各种事情，记录的原则是忠实于真实景况和感受，绝不编造。归来后，我又在日记的基础上，选择最有亮点的人与事，整理出约700篇旅行笔记，最初发表在博客上。

旅行要比写游记简单得多，只要下定决心就可以完成，而拿起笔记录旅行的见闻和感受，就不那么简单了。要写得不雷同，不流水，又有特色能出彩，更是不容易做到。特别是思考的过程，更是一种挑战，因为涉及审美的倾向和深度。

不管怎样，本书是我从200多篇大西部旅行笔记中精选出来的，首先对自己的旅行作个交代，其次让大家了解我国的壮丽河山和灿烂文化，在阅读中一起感受中国，一起行走中国。

中央电视台曾在一期调查节目中，向人们提问：你幸福了吗？

有人说，幸福就是牵着一双想牵的手，一起走过繁华喧嚣，一起守候寂寞孤独；也有人说，幸福就是陪着一个想陪的人，高兴时一起笑，悲伤时一起哭；还有人说，幸福就是拥有一颗想拥有的心，重复无聊的日子不乏味，做着相同的事情不枯燥……

如果问到我，我会这样回答：幸福就在自己的旅途上，在与各种各样人群的交往中，在做自己喜欢事情的过程中。只要对这个世界怀着感恩和敬畏的心，我们就会幸福。幸福存在于当初的梦想里，也在今天承诺的兑现中！

是为序。

作者小照

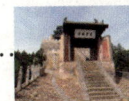

第三只眼：

旅行，找寻生活的新乐趣

文：北京"驴友" 郝永江

同事、朋友、老师徐天铎是个可爱的人。说起话来笑眯眯的，聊天至兴致处会发出爽朗的、感染人的、就像在空中甩鞭子拐了弯一样嘎巴脆的笑声，就像一粒火种掉进了一堆枯柴，快乐地燃烧着噼啪作响，聊天的气氛顿时会更加热烈。如果聊天场合不算很大，人数不超过百人，那么所有人会在听力范围内不约而同地扭头去寻找笑声出处而看他。

老徐笑的时候会露出一口整齐的、结实的、毫不费力一下子能咬碎核桃的白牙。过去每次见到他的时候我总会说，徐老师笑一个，要大笑，他总是被我们逗得哈哈大笑。有一次，他拿出旅途中买的牛仔帽戴头上，摆个姿势真诚地问我们：好看么？那模样逗得你实在看不出这是一个年近花甲的老头儿。

老徐是个快乐的人。和他交往这么久，从未见过他愁容满面的时候。即使遇上不开心的事，他也是嘴上来几句去他的了事，从不往心里去。有人问老徐，我们怎么就快乐不起来呢？老徐说，那肯定是得到了A又想得到B，得到B了又想得到C，这当然快乐不起来，不快乐都是欲望折腾的。

和他走在一起，他嘴里常会哼些旋律明快的歌曲，比如"大海，我的故乡"之类，一般是歌词和简谱混合着跑出来，唱腔斗志昂扬且有律动感，节奏跳动得就像一个矮个子迈步的时候，习惯性地努力抬高脚后跟以弥补身高的不足，这样听起来感觉就是一蹦一蹦的了。

老徐是个简约的人。短信是不会随便乱发的，电话更是不会随便乱打，一般他收到人家的信息会回拨一下你的手机，响一下就挂断，表示他收到了，为此我们开玩笑说他，你要不回信息也别回拨，如果凑巧我们在写信息，你一打来不就接了么？那样你就惨了，我们接听你是付费的，哈哈。

老徐对我说，节约也是赚钱。这话我赞同。比如用洗衣服的水来冲马桶的主意就不错，既为自己省也为子孙后代省，节约每一滴水嘛。年假时我回老家，看老婆把洗衣机里的水哗哗地排入下水道，看得我直心疼，以前我们那是缺水的地儿，缺到什么程度呢？大冬天有个刚过门的新媳妇去三里外的山沟挑水，到家了，跨门槛时被绊倒，一担水全撒地上了，婆婆说了她几句，新媳妇想不开上吊自杀了。现在不缺水了，可以随便用了，但要不跟人家老徐学这一招，咱还不知道省着点呢。我赶紧给老婆讲起道理来，弄得她纳闷我怎么突然变得婆婆妈妈小里小气了。唉，有什么办法呢？大钱挣不来，小钱省着花，说的好听点这也是理财哦。

前些日子，老徐为自己第二次行走天下做准备，狠狠心买了件探路者冲锋衣，市价一千多，打七折八百多。这件冲锋衣功能很多：防水、透气、保暖，天冷了当羽绒服，天热了内层的抓绒拿下来可当夹克，可谓一衣多用、物有所值。老徐买件衣服为自己找了N多理由：这么多年了，也没添置过高档衣服，这次该买一件了；有种便宜的军用冲锋衣，绿了吧唧的穿上不好看；第二次旅行去的地方都是白天酷暑晚上严寒，没件像样衣服可不行……听着老徐的话，我心里说，你看你买件衣服找这么多借口，打打折不就才八百么？看你那抠劲！要我还不买打折的呢。嘿嘿，其实我没告诉他我刚买的那件打折的风衣才六十几。

老徐读书很多，知识丰富，且是个细心的人，他读过的书中都夹着一张张小纸条，上面分别记录着：经济、文学、艺术，等等，弄得每本书都跟长了寸头一样；在网上看到有用的内容，他也会复制保存下来，为日后查找资料方便之用。

长途旅行前，他花了很多时间做各种准备，旅程被他设计成一条条线段，线段又被分成若干个点，旅行中他就在这些点之间做有条不紊、按部就班的考察和体验。他在每个景点都会提出一系列自己很关注的问题，这些问题虽然有时会难住那些管理人员，但他也会因此幸运地被引荐给一些重要人物或者专业人士，譬如高僧、博物馆长等，得以有机会和他们一起探讨交流。

老徐是个有抱负的人。2006年3月底到8月中旬，他孤身一人从北京出发在东南沿海8个省走了90多个市县城镇，沿途考察风土民情，走访人文景观、自然景观上百处，作地域文化比较，同时关注社会民生，对社会现状、中华传统文化的传承和嬗变作了深刻的思考，拍摄了上万张精美图片，并从文化、经济和社会学的视角，写下洋洋洒洒几十万字的游记。古人游山玩水，或有书童相伴，或有马匹宝剑作陪。老徐呢？一个大背包、一个数码相机、一部录音机、一支笔，就凭这些，他行摄中国，记录中国。

我问他：旅程中孤单么？困惑么？厌烦么？

老徐笑着摇摇头：不，一路看到祖国的美景很开心，我在寻找祖国的春天（我理解是人文思考和寻找文化源头之类）。一个不走出去的人很难发现祖国的美，当你站在九华山的云海之间，站在黄山的奇峰怪石面前，你会感叹，祖国真是太美了！你会发自肺腑地说，我爱你，中国！我准备再花几年时间走遍中国，2006年仅仅是第一步，我一定要完成这个目标。

像老徐这个年龄段的人我认识很多，他们大都忙着赚钱或退休在家养老，难道说他们就不如老徐么？不是，是世界观和人生目标定位不一样。老徐是个很有事业心的人，旅行之前就有多部社会科学、管理科学等专著出版，现在他准备用三五年时间走向社会、走向大自然，为的是圆一个自己的梦，去做另一件自己喜欢的事情。

他常说，人活着不是单纯地为自己或孩子留下什么，而是能为"后人"留下什么。一个人活着的时候，一定要努力工作，为这个社会做点贡献，同时要活出生命的精彩，活出自己生命的自在。

说得多好啊！旅行是人生命的一部分，也是人的一种活法和生活方式。期待他顺利完成旅行大西部的预定计划，期待他有更多的收获！

江油：
李白家门口的李百

中国唐代大诗人李白的故乡在四川省江油县青莲镇，而他的出生地是在新疆以西的巴尔喀什湖附近（现代著名学者郭沫若考证出来的），也就是今天的哈萨克斯坦境内，当时属于中国领土。李白的父亲是汉族商人，母亲是少数

铁杵磨成针的故事发生地

李白家乡江油县

清代留下的李白故居大门

民族。李白出生后不久，父亲为避灾难带着全家到了江油的青莲镇，之后李白的妹妹李圆圆出生。李白一家在青莲镇落户是买了地、置了房产后才扎根的，用今天的话来说，就是"外来户"。这些是我寻访当地李白后人的过程中才得知的。

李白的青少年时代是在青莲镇度过的。出了这样一位伟大的诗人，如今为了纪念他，当地花费巨资，不仅将其故居修缮一新，祠堂翻新改造，还建起了巨大的太白广场和太白公园。不过真正属于历史遗迹的，恐怕仅仅是他家那块旧宅地和一口井。试想，唐代的普通民居怎么可能保存到今天呢？离今天最久远的现存物，也只有清代修缮的"老宅"的大宅门了。

当我怀着十分崇敬的心情参观完李白故居时，发现故居门外20米远处有一座诗亭，我以为是卖李白诗集的，走近一看，才看清是"李百诗亭"。

诗亭主人是谁？在这个市场经济的年代里，诗歌执著者靠卖自己的诗集谋生能生存下去吗？

"你怎么会想到在这里摆个诗摊？"我向诗亭主人李百发问。

"我有一个幸福的家，全家四口。女儿去年以不错的成绩考入大学，儿子学习不好在烟台打工，我媳妇在家织布绣花。去年10月，出于对李白的崇拜，也出于对写诗生涯的追求，我来到青莲镇定居。诗亭是在当地政府的支持帮助下开起来的。说起为什么要开诗亭，我先说个段子：美国男子最美，英国女子最美，中国汉字最美。中国汉字为什么最美？美在她诗文的韵律，书法的形体。楷、草、行、隶，可以把诗文发挥得淋漓尽致。我就是喜欢中国的传统诗文才办起这所诗亭的。"

他的普通话极好，一听就不是本地人。

"我是黑龙江青岗县人。小时候就喜欢对联、名句什么的，会背诵很多，就是这样被熏陶出来的吧。我有首诗：李白出青莲，李百生青岗，一横豪之差，之别却天壤。李白大诗人，我还啥不是。"他自嘲道。

"你写得也不错哦，是新一代诗歌的传承人。"我翻看了几页他的诗作，确实写得很好。"目前能写古体诗词的人不多了，能坚持下来就很不容易啊。"

"我喜欢古典诗词，只写古体诗，不写散文诗。春节时我写了一幅对联，上联：诗不成章，本在抒情言志；下联：书不成体，意求拙笔怪峰。我是20世纪60年代生人，属鼠，写了一幅自嘲对联。上联是：无名鼠辈立诗

诗亭主人李百

亭，献丑现眼不羞不臊；下联是：斗胆包天赝诗客，常习长足不离不弃。"

听了如此豁达的话语，我呵呵笑起来。

"对现在的古体诗，游客喜欢吗？"

"还是有很多人喜欢的。散文诗也不错，但愿意看古体诗的人还是多一些。古体诗讲求平仄、韵脚，读起来朗朗上口，散文诗讲求抒情，读起来舒缓。我喜欢写古体诗，就是喜欢这种出口铮铮有声的形式。"

"你觉得古体诗应该怎么发扬光大？"

"我觉得应该写所谓的'白话诗'。有不少人来买我的诗集，为什么？因为很通俗，很好懂。李白、白居易当年写诗的时候也是先拿到不识字的老人那儿去念，他们听懂了才拿去传抄的，照现在的说法就是'发表'。"

他接着说："有人说我这种白话诗是打油诗，其实他们不了解我写作的背景，讲一首我的《人生》吧。

日出日落有朝夕，潮起潮落有高低；
浮云常涨常消散，人生起伏是常理。

这是我有过很深的感受后才写出来的白话诗。记得山海关附近孟姜女庙里那幅用了7个"朝"和7个"潮"的对联吗？那是利用谐音字和同音字写出来的。有人说，那是大学士写的，我不相信。有人说是渔民写出来的，还有人说是卖豆芽的写的，我都不相信。有人说是僧人写的，我认同。这位作者通过两种自然现象寓意了人生内涵。人生是什么？就是有高峰，有低谷，有欢乐，有悲哀，是喜忧参半。老子说得好，人生如水，遇到圆的要圆，遇到方的则要方，这就是随遇而安，顺其自然。我写东西，不是在造诗，而是把心里的体悟写出来。"

　　说真的，遇到李百这样的诗歌执著者，在我的旅行路上还是第一回。我为他千里寻访李白家乡、学文习诗的行为而感动，佩服他那种"饿死不脱缰"的精神。李百活得很自在，很潇洒，自食其力，做着自己喜欢做的事情，放射着独立人格的光芒。有这样的诗歌后人在，谁说中国诗歌会死亡？期待他成功！

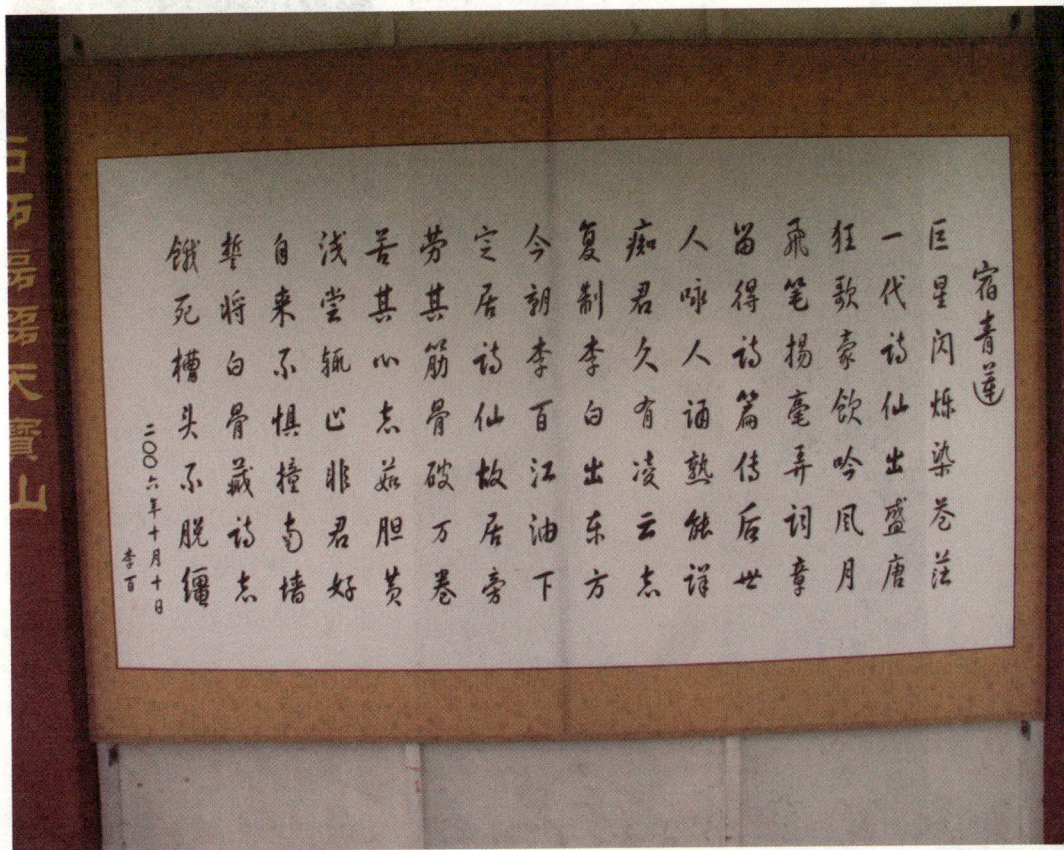

李百的诗文书法

德阳：

三个羌女一家店

参观完广汉三星堆，发往成都的班车离开车时间还有3个小时。借着这个空当，我吃了午饭，又在广汉县城溜了一圈。广汉的部分老街还保持着旧貌，平溜溜黑漆漆的一片，青石板铺就的街道细细长长，很古朴很亲切的感觉。离照相馆不远，有家店面很突出，是家挂着巨大牌匾的药店，我怀着好奇心走了进去。

药店

柜台呈角尺型，一面面向大街，一面面向屋内的一排长椅。长椅上坐着两个妇女在说话，她们是来买药的。柜台里也有两位女人，一位五十多岁，正在称药材。另一位七八十岁的年纪，穿着民族服装，面容慈祥。我从老人的穿戴判断这是一家民族药店。

慈祥的药店当家人

我仔细看着柜台里的药材，都是从高山上收集来的动植物，很多都很珍贵。坐在长椅上的妇女见我进来，介绍道："这里的药材都是真货，别的地方还买不到呢。你是来旅游的吧，可以买点带回去啊。"我是长途旅行，药材再好再便宜也只能看看，不可能背负着药材去走万里路，于是我有礼貌地笑了笑，没有作答。

从她们的你一言我一语中，我听出了几个人的相互关系。

买虎骨的妇女是当地街道的负责人，是代人来买药材的。这家药店的主人是羌族人，那位年长的是老母亲，称药的是女儿。

羌族在古代是和汉族毗邻的民族，在一段时期内非常强大，现代羌族是古代羌支中保留羌族族称以及最传统文化的一支。在历史的演进过程中，古羌民族后来分化出彝族、纳西族、白族、哈尼族、傈僳族、普米族、景颇族、拉祜族、基诺族等兄弟民族。现代羌族在全国有三十多万人，主要聚居在四川省绵阳市北川县，其余的散居在阿坝州等地。广汉离北川不远，有羌族同胞定居、做买卖是很自然的。

我问老妈妈做生意的情况。老妈妈听力不太好，称药的女儿作了代答，她们开店已经十多年了，房子是自己的，世代行医，兼做药材生意。

这时从屋里走出一位穿着民族服装的女人，年纪也在五十岁左右，我以为她是老人的儿媳。称药的女人笑着告诉我，那是她的妹妹，她们姐妹全都在一起生活，一起经营着这家药店。

我好奇起来：这些女儿都守着妈妈没有出嫁吗？

外面响起了小汽车的喇叭声，一位魁伟的汉子在门口下了车。进门后用民族语言和女人们打招呼。我以为是来买药的羌人，谁知那个汉子说，他是那位穿着民族服装五十岁左右女人的女婿，也生活在这家，担负店里进货拉货的任务。

"你们是女人当家？女人不出嫁？"我问那个汉子。

"是的。我丈母娘的母亲，也就是那位老奶奶是当家人。"汉子三十多岁了，戴一副眼镜，很斯文，一看就是有文化的人。他刚添了一个孩子，妻

羌族建筑以碉楼、石砌房、索桥、栈道和水利筑堰等最为著名

羌族的白石崇拜

石片砌成的羌族民居平顶房

子和孩子在后屋。

我算了一下，老太太、两个女儿及其丈夫，再有孙女、孙女婿及其重孙辈，这是一个四世同堂、以女性为中心的十几口人的大家庭啊。

我知道，在人类历史上，以农业发展起来的民族，有不经过女性中心社会发展阶段的，即使有女性中心发展阶段那也是很短的。例如汉族祖先，只曾传说有过短暂的"女娲氏"时代。从渔业发展起来的民族，女性中心社会的时间就相对长一些。例如越南和日本的古代社会，都曾有过女子立国的故事。而从事畜牧、打猎发展起来的羌民族，其女性中心的社会制度则持续到公元8世纪以前。

古代羌族文化最重要的特征之一，就是其社会组织中女性中心持续的时间很长。《唐书》记载的"女国"和"东女国"，就是世代以女子为王和朝官来统治男性的。可以想见，大抵从有社会组织开始，古羌族就是女性中心社会，起码在羌塘和阿里地区是如此。我国古史所记的"西王母"和"西海女国"皆源于此区。

羌族宗教信仰以自然崇拜和祖先崇拜为主。自然崇拜主要表现为对白石的崇拜，羌人认为"白石莹莹像征神"。羌民一般都在石碉房和碉楼顶上供奉着5块白石，象征天神、地神、山神、山神娘娘和树神。

老妈妈虽然年纪大了，但眼睛很清澈，眼神很灵活，看得出她的头脑很清晰，男人们都听她的指挥。家族成员相互配合得很默契，证明她在有效地管理着这个家族。

"外面很多地方都是男人当家了，你们女人当家不发生矛盾吗？"我问那个汉子。

"不，我们从小都是听从母辈的。大家生活在一起，没有闹分家的。"

老妈妈注意到了我和她家人的谈话，示意我坐一会儿。坐在长椅上的买药妇女也热情介绍起这家药店的历史和当地人对他她们医术的评价。聊天过程中，我了解了不少有关羌族的情况。离开这家药店时，心想自己今天真幸运，看到了一个母系社会存在于当今的范例。

广汉：

他拔出藏刀，我吓了一跳

自进入四川德阳以后，一路上见到的民族朋友渐渐多了起来。广汉是德阳的一个县级市，那里的三星堆遗址非常著名。从绵阳赶到广汉时天色已晚，我当晚便住在了这里。

晚饭在一家小饭店要了一份炒猪肝和一份炒豆苗。正慢慢享用的时候，进来三个小伙子坐在斜对桌。从穿戴打扮看是少数民族，究竟哪个民族的，此地藏族、羌族都有，我没有分辨经验说不上来。

三位年轻的藏族兄弟

为首的是个胖胖的小伙子，别人点了菜后，他又添了两个，还吆喝店老板快点上几瓶啤酒。他们说着民族语言，我没有一句能听懂。他们大碗喝酒大口吃菜，酒不够了，胖子又叫添了两瓶。从胖子豪爽又大大咧咧的劲头看，准是他们中的大哥。

这是我西部旅程中第一次近距离接触到民族朋友，他们见我在观望也不时注意着我，结账的时候双方搭上了讪。

"你怎么老瞧着我们？"他们中的一个小个子会说汉语，不是很流利，问我。

"在看你们谁最能喝。"我笑着，小心翼翼地回答。"发现你们的酒量都可以啊。"我担心不知什么地方交流不恰当了，就会发生冲突。"你们是哪个民族的？"

"藏族。你是来旅游的吗？哪里的？第一次到广汉吗？"

"是啊。从北京来。你们是当地人？做什么的？"

"在这里做小买卖。"

"是西藏来的吗？"

他们好像没有听懂我的话，只是回答："雪山，很远的地方。"

"你们住哪里？能一起聊聊吗？"我想访问他们，提出请他们喝茶。

"住得不远，到我们住的地方去喝吧。"

去他们住的地方？会不会好对我"下手"啊？不过，从他们对我友善的态度看应该不是。去他们住的地方也好，看看这些年轻藏族朋友是怎么打工生存的。

路上很黑，深一脚浅一脚的。一个小伙子要扶我，我怕他对我乘机"下手"，婉言谢绝了。另一个要帮我背包，那包里除了相机，还有证件和钱，须臾不能离身的，我没有同意，心里还忐忑不安起来。这时小伙子笑着说了一句："你们汉人是包不离身，我们藏人是刀不离身。"

什么意思啊？我都不想跟他们去了，万一发生危险和抢劫怎么办啊？但直觉告诉我，他们不是坏人，即使坏人我也有对付的办法。

他们住的地方离我住的旅馆不远，只隔着一条马路，是个汉民的大院，里面住着几名藏民，都是出来做生意的，他们租了其中的一间。

房间十几平米，里面放着一张大床。他们很客气，进屋不久一个去买啤酒了。

胖子不会说汉语，只是坐在一边听我和那个小点年纪的讲话。其实小点年纪的，也只能用简单的日常汉语交流，说得多一点、深一点，就表达不出来了。他的有些话，我也是大致猜测地听。

他们做的是藏族饰物的生意。别看年纪不大，跑了很多地方，去过成都，去过拉萨，一路卖，一路走，大约半个月二十天就换个地方。

"你们怎么上这里来了？"

"这里最近过桃花节，旅游的人很多。你不是来旅游的吗？明天跟我们一起去看看吧。"

"到那里有多少里路？"

"十来里。"

各地都有桃花节，但这里的对我意义不大，我都是看国家级的宝物和3A以上的风景区。说实在的，我倒是对他们做生意的过程很感兴趣，不过时间太紧张了，也只能说谢谢了。

"今天的生意怎么样？"

"只卖出去一个，挣了今天的饭钱。"

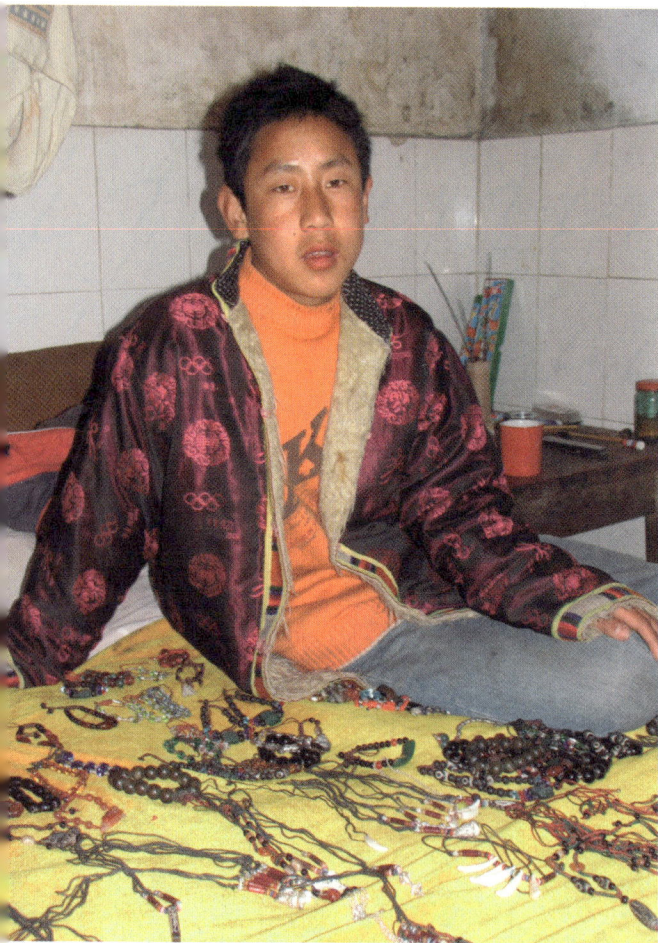

会讲汉语的小伙子和他们的饰品

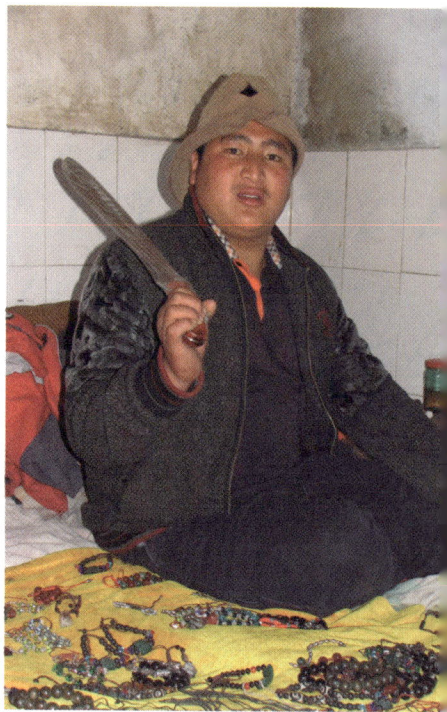

拿着藏刀的藏族小伙

我对他们艰苦的摆摊生活同情起来。"能看看你们的东西吗？"

"能。"说着，小伙子就把他们的全部家当摊到了床上，一样一样介绍分别是什么，进货多少钱，能卖多少钱，一点不拿我当外人。

我记得看过一个摄影家的文章，说他在拉萨和人家发生争执，起因就是买东西，最后弄到了人家拔刀相见的地步。我把故事讲给他们，问是什么原因。

他们说这肯定是藏人做当天第一笔买卖发生的。藏人第一笔买卖开的都是最低价，你不买没有关系，不会强迫买，假如你提出能不能便宜到具体多少钱时，藏人答应了你又不买，藏人就会认为你在戏耍人，认为你是个不诚信的人，脾气暴躁的就会给你颜色！

"内地菜市场很多人会问这个价卖不卖，卖菜的同意了你又不买，双方根本不当一回事，在我们藏人就不行，如果你开价我同意，你再不买，那就触犯了我的尊严。所以，不打算买的，不要乱讲价，特别是第一笔买卖，藏民是说一不二的。"

据我观察，藏民族是个讲诚信的民族，对佛教的信仰非常虔诚，每每看到他们三步一磕头五步一跪拜的情形，心灵便会十分震撼。他们贫穷时可以去讨饭，但从来不偷不抢。

买啤酒的扎西尼玛

23

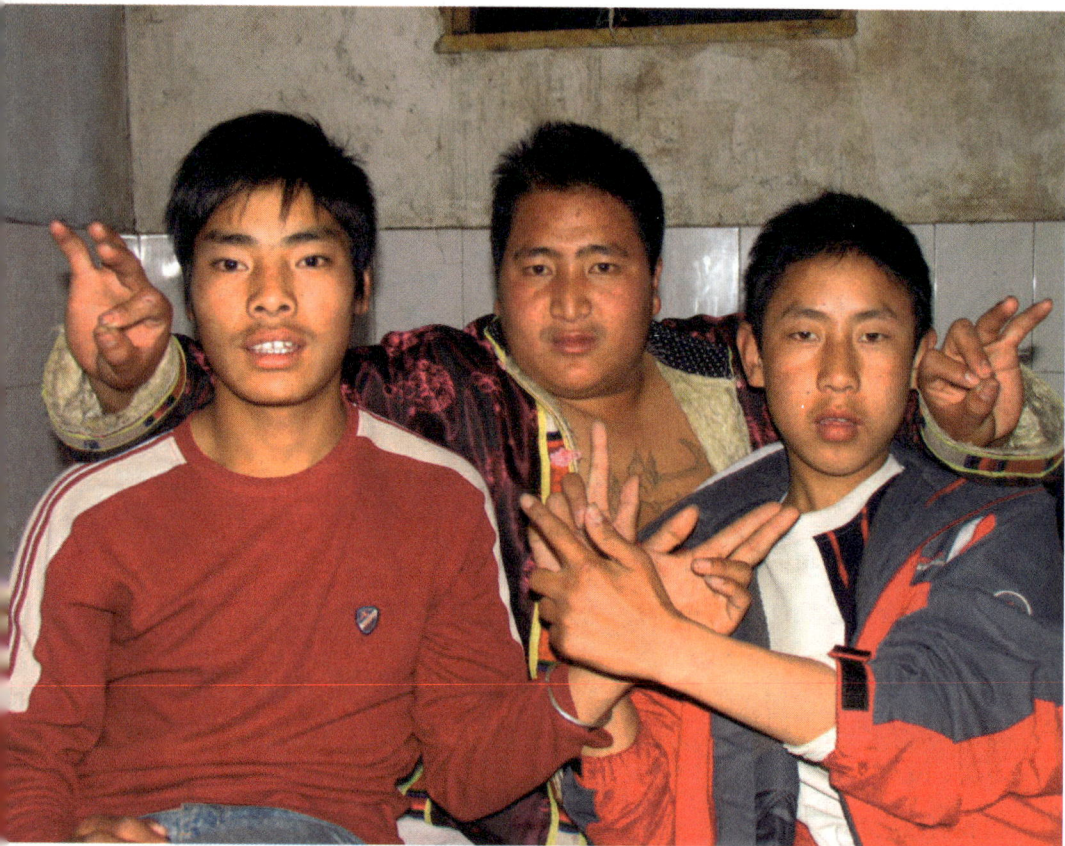

我的藏族朋友

买啤酒的朋友回来了，他热情地给我倒了一大杯。看我正对着饰物拍照，说道："也给我们拍拍吧，要那种明星摆POSE的。"我答应了。

"照片怎么寄给你们呢？"

他们说了半天，也比划了半天，我依旧没有听懂他们是什么地方的，叫什么名字。他们也不会写汉字。胖子灵机一动，拿出了户口本，我这才知道他们是四川阿坝地区的。胖子叫尼玛扎西，买啤酒的叫扎西尼玛，那个会说点汉语的叫尼旺扎西。他们的名字都有"扎西"二字。

"怎么把户口本带出来了，有身份证就可以了啊。"

"我们刚到领身份证的年龄，还没有办妥呢。"年龄最大的胖子也不过才18岁。

我记下地址姓名后告辞，三个小伙子非要送我一件饰物，还让我随便挑。我怎么肯要呢？他们坚持要送，我坚持不要。

会说汉语的小伙子生气了："你看不起我们啊！"

"不！我没有那个意思。"我知道，这是在讲客套，想接受又不好意思接受。

"那好，这个你必须接着。"

他们送我的是一个挂在脖子上可以转动的银质转轮，上面有只鹰。"知道你要去我们的雪山，让它一路保佑你吧。"

第二天，参观完三星堆回来，我正好遇到一家洗相店便洗了照片，为了让照片早早到达他们手里，离开广汉前我赶去了他们的住地。他们还没有回来，我便把照片交给了房东，再三叮嘱千万不要忘记转交。

离开他们的住所，没想到在我住的旅馆门口碰到他们回来了。我向他们告辞，说照片已经交给了房东，不要忘记和我联系，我会在北京等着他们。

他们向我鞠躬，祝福我"扎西德勒"。

扎西德勒是藏语，意思是"吉祥如意"。藏族同胞在客人来访和告别时都喜欢说这句话。

扎西德勒，多么温暖亲切的字眼啊。

后来，一路见到藏人，我就用"扎西德勒"同他们打招呼，他们也回答我"扎西德勒"！

都江堰：

李冰的儿子是谁？

都江堰水利工程，无论在中国水利史上还是在世界水利史上都占有光辉的一页。悠久的历史举世闻名，完美的设计令人惊叹！都江堰的建成解决了岷江泛滥成灾的问题，从内江下来的水还可以灌溉十几个

都江堰

李冰父子塑像

县，面积达300多万亩。从此，成都平原成为"沃野千里"的富庶之地，赢得了"天府之国"的美誉。

留传至今的都江堰渠首工程主要由三大部分构成：鱼嘴分水堤、分沙堰和宝瓶口。三者各司其职，又相互配合，既顺应山水的自然态势，又让水量自动调节，这看似随意的构思设计，却使都江堰历经千年风雨而依然发挥其作用。

带头修建这座伟大水利工程的是李冰父子，这个说法从小学到大学毕业一直根深蒂固，直到参观了都江堰，我才知道头脑中以为是真理的常识，原来并不见得是历史的真相。

历史上到底有没有李冰这个人？

有。最早记载他的是司马迁的《史记》。司马迁亲自去四川实地考察过，然而对于这样一项伟大水利工程的主持者，《史记·河渠书》中的记载却过于简单，只

鱼嘴分水堤

是寥寥数语：“于蜀，蜀守冰凿离碓，辟沫水之害，穿二江成都之中。”司马迁只写了造堰者“蜀守冰”，没有写这个名叫冰的人姓什么。

这个名冰的人姓李，是后来班固在《汉书》中补上的。班固将这个水利人物明确为李冰，这个名字没有写错，因为1974年在外江出土的一块东汉时期纪念一位水利人物的石刻上，这个人的衣襟上就清晰刻有“李冰”二字。

根据历史学家的考证，都江堰修建于战国时期，比万里长城还要早。李冰恰在这个时期——秦昭襄王末年（约公元前256～前251年）为蜀郡守，因此认定李冰曾带领当地百姓修建了在今四川省都江堰市（原灌县）岷江出山口处的中国早期的灌溉工程都江堰。

对于李冰的记述，还有《华阳国志·蜀志》：李冰曾在都江堰安设石人水尺，这是中国早期的水位观测设施；还在今宜宾、乐山境内开凿滩险，疏通航道，又修建汶井江（今崇庆县西河）、白木江（今邛崃南河）、洛水（今

飞沙堰

石亭江）、绵水（今绵远河）等灌溉和航运工程，以及修索桥、开盐井等。

老百姓怀念李冰领头治水的功绩，在都江堰以及多处四川水利工程处建造了庙宇以示纪念。

由此看来，李冰确有其人。

但关于李冰的儿子李二郎治水的传说，却是北宋以后才开始流传的。

关于李二郎，很早就众说纷纭。有人说确有其人，有人说子虚乌有。《灌县志》说"李二郎史佚其事，名字无证，性喜猎"，是含糊不清的说法。宋代著名理学家朱熹在《朱子语》中说"溜口二郎乃是李冰第二个儿子"，是第一个作出肯定说法的人，于是引发了宋贞宗"御勅李二郎神碑"的事情，李二郎就这样堂而皇之地成了李冰家族中的一员，成为辅佐其父成就大业的元勋之一，千百年来也受到广大人民的推崇、敬仰和顶礼膜拜。

李冰真有这个儿子吗？他真叫李二郎吗？

我在实地了解中得到的答案是：李冰没有这个儿子。李冰有儿子并协助他修建都江堰的故事，是古人对一位作出了伟大贡献的好官的一种美好祝福

二王殿供奉的李冰与夫人的神座

与衷心颂扬。

首先，李二郎是神。他就是神话故事中那个有着三只眼睛的威武天神。一个天神做凡人的儿子，显然就是传说，不是人类繁衍史的真相。

其次，是地域情结的纠结。李冰是秦国灭了古蜀国后被派到蜀地的官员，当时的蜀人对往昔的领属关系有怀旧情结，他们不希望留下的只是一个秦官的英明形象，因为这项伟大工程毕竟是当地蜀人建设的，蜀人才是真正的主力军。那么哪一个代表合适呢？于是人们想到了能象征蜀人的神话人物——二郎神。

二郎神的原型，就是三星堆出土的那个青铜纵目人。他双目高高凸出眼眶，额头位置还留有一个方孔。学者们普遍认为，这个造型奇特的青铜面具，来自于古蜀国的先王——蚕丛。人们认定二郎神也许正是古蜀王蚕丛的化身和影子。

再次，当地人中有李冰没有后代的说法。我注意到，二王庙中端坐在祭殿中央的，不是李冰父子，而是李冰和他的夫人。只是在殿外有一块皇帝给李二郎立的石碑。

最后，是朱熹推波助澜的作用。南宋时期，当地民间对二郎神信仰很深，官方便想把他纳入自己的舆论渠道。朱熹当时相当于意识形态的总管，科举考试都以朱熹的著作为准，因此朱熹一句话就很管用。朱熹说，蜀中灌口的建设有"二郎神"，于是今天就多出了一个"李冰的儿子"来。

虽然历史真相中李冰的儿子李二郎是不存在的，但这个有儿子的故事和传说，我却认为很好。

第一，李冰假如无后，在封建社会会被认为是最大的不孝。李冰是一个好官，百姓不愿意看到一个好官居然没有后代，于是编出一个他的后人来。这是对李冰的祝福，祝福他子孙满堂，人丁兴旺，代代平安。

第二，都江堰是一项伟大工程，它不是一蹴而就的，是代代维修、代代创新管理出来的。有证据证明，自李冰之后，当地千百年来还有过强望泰、卢翊、丁宝桢等优秀官员维护都江堰、改造都江堰的史实。没有以这些人为代表的后人建设，都江堰也不可能留存今天，举世闻名。

第三，二郎神是神话人物，用一个神话人物象征人民群众，象征群众的力量能改天换地，也是贴切得体的。

李冰为官一任，他的此生只为筑堰而来。正因为他有这样的责任感和使命感，这样的执政为民，才会几千年来为人传颂。人们只会敬重那些为百姓着想人，谁会崇敬那些心中只有自己的人呢？

宝瓶口

鹤鸣山：

竟修炼到有缘人要来？

鹤鸣山是道教的发源地，东汉时期的张道陵就是在这里创立道教的。鹤鸣山地处大邑县城北12公里，离公路很近，其山形如一只待飞的鹤。我刚去的时候，怎么也看不出鹤状，有道人说必须登高才能感觉到，后来站在高处往下望，果然有如仙鹤向高天冲去的态势。

道教以老子李耳的五千文著作《道德经》为经典，最初被张道陵用来倡导"五斗米道"，自此道教体系逐渐形成。

据说张道陵有九个弟子，九个弟子发展为九大门派。2006年我在江西访问龙虎山天师府的时候，拜访过张道陵的第65代后人，他们属于"正一"派，这一派父子

道教主张人以德为本

相传，也称道教的主派。四川境内的道教多属于"龙门派"，青城山的龙门派里既有男道士，也有女道士，分为"乾堂"和"坤堂"。

鹤鸣山的前山有个道观，是张道陵"成仙"后建立的。张道陵修炼的地方在鹤鸣山后，离前山道观大约有六七里路远的地方。

鹤鸣山道观掩映在苍松翠柏之中，山门上下三层，重檐歇山式建筑。拾级而上，两旁

道教源头鹤鸣山

碑帖林立，引人注目的老子的《道德经》大型石牌，长20余米，高3米，文字布局严谨，气势磅礴，洋洋洒洒五千言书于石壁上。"道可道，非常道；名可名，非常名……"老子的思想智慧跃然放射出光芒。尚记忆犹新的两侧的对联："道生一，一生二，二生三，三生万物""人法地，地法天，天法道，道法自然"，概括出道教崇尚自然的思想境界和蕴藏的深刻哲学道理。

虽然张道陵没有在前山修炼过，但这里也是洞天福地之一，观内的古迹、诗文处处可见，人文景观异常丰富。主要的景点有三宫庙、文昌宫、太清宫、解元亭、八卦亭等。历代的许多著名道士曾在此修炼过，如北宋的陈希夷、明代的张三丰等，留下的遗迹和诗文便是明证。

历史上诸如唐代的唐求，五代的杜光庭，宋代的文与可、陆游，明代的杨升奄及清代诸名流等，游览鹤鸣山时均留有宏伟秀丽的题词咏怀；与诗文相辉映的，是众多的古代建筑，以及在战火中幸存下来的园林。这些令人不禁怀想过去，为古代工匠的精工技艺和历代文人的豪放情怀而赞叹。

有趣的是，我在这里邂逅不少"缘分"。

张三丰手植古柏，树围已有三米多长

张三丰祖师巡文诗

桥边院对柳塘湾夜月明时半
户阔遥驾鹤来归洞晚静弹琴
坐伴云闲烧丹觅火无空竈釆
药寻倦有好山瓢挂树髙人隐
久罥麈绝水瀯瀯

观中的碑刻文物

33

道观主持杨明江大师

吴德春道长

缘分之一，一进门就见到了道观主持杨明江大师。他很高兴地接受了我的请求，带我一路参观、讲解。

缘分之二，正当我与杨明江大师走进道观大殿时，碰到了在成都认识的一位大姐。一周前我去双流，她曾为我引路，还在公交车上并排坐着聊天。正在练剑的她一眼认出了我，彼此在远离成都100多里的这里相见，双方都分外惊讶。中午我和大姐在饭堂一起用餐，愉快话叙。

缘分之三，与道观的吴德春道长相会。这位道长很年轻，但学问很深。我们对道教文化作了很深入的对谈，他赠我一本《道源》刊物，要不是来了客人，我们还会继续探讨下去。

缘分之四，找到了张道陵当年修炼的地方——天谷洞。特别是见到了据说是东汉时期留下的一块石刻，上面清晰地写有"张道陵在此修炼正一"。石刻存留在一殿堂里，我属于有幸看到。

缘分之五，结识了自山东远道而来的一对信仰道教的农村夫妇。我在道观游览时就注意到了他们。他们走一处烧炷香，十分虔诚，我至少拍下了他们好几处烧香时的镜头。在龙门派第21代传人的墓前，我们攀谈起来。他们告诉我为什么全家信仰道教以及如何修炼，后来我们一同去后

天谷洞

据说东汉时期留下的一块石刻

源起大道无为，源生道法自然

入洞内景。张道陵及其弟子当年在这里打坐修炼

山寻找张道陵修炼的洞穴。没有想到的是，对于我们的邂逅，他们居然说昨晚就预感到今天有缘人要来。

我为他们的话感到惊奇：有缘人今天要来，他们信仰道教，真的修炼到了如此地步？

不过，今天我顺利地找到道教源头，遇上这一切，倒是真的觉得很有缘。

泸沽湖：

长得美丽不如活得美丽

到泸沽湖，一定要访问两个重要的女人，一个是摩梭末代"王妃"肖淑明，一个是摩梭"现代女杰"杨二车娜姆。在我看来，她们是摩梭文化的"形象大使"。

所谓的"摩梭王妃"是旅行业炒作出来的，正式应该称为"末代摩梭土司夫人"。见到肖淑明时，她已八十有余，精

末代土司夫人肖淑明

神很好，当地人都亲切地称她婆婆。交流时，她思路清晰，听力敏锐，举止稳健。她出生在成都文庙后街，对成都感情很深，即使到现在，精通摩梭语言的她仍有成都口音。她是第一个走进"女儿国"的汉族女人。

据说，泸沽湖的土司夫人还有一位，她居住在泸沽湖云南一侧。云南的那位摩梭"王妃"，在20世纪70年代一个美丽的清晨投进了她深爱的泸沽湖；而湖对岸这位四川的"王妃"，却坚强而奇迹般地活了下来——她就是当今唯一还活着的"王妃"肖淑明。

肖淑明生性活泼开朗，曾是四川雅安女子中学的才女、校花。这位土司夫人，出身书香门第，自出嫁后没有过过多少安稳日子，大部分岁月都是

在磨难中度过的。她曾被关押十多年，要不是意志坚强，换了一般人早就想不开了。

泸沽湖旅游开发之前，她住的地方十分破旧，生活极为清苦。当时有人这样描写拜访她的情景：矮矮的土墙，小小的院落，风剥雨蚀的木楼祖屋，处处透着岁月的沧桑。当时家里还没有电灯，到夜晚仍需点蜡烛和松明。

我去拜访她的时候，旅游公司已为她修建了"王妃府"。"王妃府"虽不豪华，但是宽敞明亮。围着她身边转的几个旅游从业人员，为来访者提供展览、售书、卖花、拜访等活动。现在见"王妃"是收费的，这些商业化的运作虽然让人感

中年肖淑明

今日"王妃府"

杨二车娜姆的"香宫"

觉不是很好，不过想到这是目前80多岁的"王妃"的主要经济来源，她不可能还有其他劳动收入，也就可以理解了。

见到"王妃"肖淑明，是抵达泸沽湖的第二天午饭后。走进小院，我先参观了根据她的故事绘制的生平展览，接着被工作人员领进一间宽敞的会客室。王妃已经端坐在那里，穿着咖啡色外衣，虽饱经沧桑，但依旧可见当年美丽的痕迹。她热情地招呼我们，就像老友重逢一样，没有生分，没有矜持。当我们离开时，她还希望我们在泸沽湖吃好，耍好，游览好！我对这位老人的印象至今还很深刻。

杨二车娜姆是第一个走出"女儿国"的摩梭女人。她的弟弟杨洪民曾和我同在一家书店工作过，她每次到北京，都会来书店转转。遗憾的是，我始终没有和娜姆直接照过面。这次到她的家乡，还住在她母亲的家里，却依旧没有见到她。洪民告诉我，娜姆现在上海居住，有时候飞到国外，在家乡的时间很少。

关于娜姆的传闻很多。1997年，杨二车娜姆以一个摩梭人的自传方式，出版了第一部作品——《走出女儿国》。这本书令她一举成名，世人才知现代中国居然还保留着一片"母系社会"的天地。

娜姆天生爱美，从不约束自己的装扮，经常把花戴在头上，她不怕流言蜚语，坚持戴着大红花，甚至在电视台做评委时，也自叹"大红花是女人花，像我这朵花，粉粉艳艳的！你看你杨姐，头上永远带朵花"。

娜姆天生具有敢做敢闯的性格。她在家乡食堂做炊事员的时候，听说音乐学院来招生，敢在教授面前放声歌唱，最后，13岁的她进入了上海音乐学院的殿堂。

临毕业，她知道北京中央民族歌舞团是很优秀、也很难进的民族文艺团体，就写信自荐，最终如愿以偿。她大胆与挪威驻华大使馆的一位年轻外交官成婚。后来，像同时代的很多年轻人一样，她也游历了欧美等很多国家。

娜姆也经历过生活的坎坷和感情的不幸，但她始终是个性鲜明的坚强女性。1993年2月她先后到日本、新加坡等地讲学和演出；1995年开始从事时装

杨二车娜姆的作品

博物馆陈列着杨二车娜姆的许多资料

生意并做模特，参加好莱坞电影演出并为电影配唱歌曲；1997年开始写作，著有《走出女儿国》、《走回女儿国》等书。

她用自己的歌喉，用自己独特的美丽和天资的聪明，征服了泸沽湖以外的世界，让世界对那片神奇美丽的土地充满了好奇。

我参观了她在泸沽湖边给自己建造的"杨二车娜姆博物馆"——"香宫"。一个活着的女子居然给自己建立博物馆，可见她的大胆与作为。在我看来，这正是她豪爽不羁的性格使然。她不在乎别人怎么说，只要自己活得坦白。

让人赞叹的是，她的博物馆不是西方式的别墅，也不是乡村式的土木阁楼，而是揉和了现代建筑设计理念并有着鲜明摩梭风格特色的艺术殿堂。图纸设计是她画的，一切都是按照自己的想象和生活需求来建造的。给我的印象是：

之一，色彩装饰轰轰烈烈。

之二，居室文化活色生香。

之三，家居饰品坚持特色。

正因为娜姆有别具一格的审美眼光，一些西藏原产的古旧家具，本已陈旧暗淡，但放在娜姆的客厅里却熠熠生辉。

娜姆这样说过："只要自己有着不肯对命运低头的毅力和勇气，世上没

娜姆的大客厅

有走不通的路，没有过不去的桥！"娜姆创造了自己的人生佳奇。

杨二车娜姆是个有着执著的反叛精神的人。她敢于向古老的习俗挑战，敢于向命运挑战。她用自己的思想，用自己的汗水，用自己的歌声，敲开了一道道难以打开的人生之门。在人生的历程中，几经风雨，历尽坎坷，她走出了一条辉煌之路。可以这样说，杨二车娜姆是"女儿国"最辉煌的女性。

杨二车娜姆现象，还揭示了一个规律：古老的、原始的生活方式与习俗，一旦与现代文明相撞击，那么古老而原始的东西一定会发生裂变，最后悄悄地融入现代文明之中。当改革开放的大潮涌进女儿国的时候，这里人们的思想悄悄地发生了变化，特别是一些年轻人，完全融入了现代文明之中，他们的言行举止都随着时代的节拍而律动。特别是市场经济体制的建立，"女儿国"的年轻一代从思想和行动上都已与市场接轨，他们纷纷走出"女

娜姆的卧房

客厅一角

儿国"，到北京、广东、上海、广西、四川等地读书、打工、做生意……当他们的思想与现代文明相融合时，就会选择新的生活方式，这是不可避免的，也是不可阻挡的。

我走在泸沽湖畔，静思着：摩梭"现代女杰"杨二车娜姆同摩梭末代"王妃"肖淑明一样，都给摩梭人带来了很大的影响，说她们为摩梭"形象大使"是不为过的。她们有着共同的特点：不仅长得美丽，而且活得更美丽。

餐厅

地毯上的小狗

海螺沟：
把梦做在磨西古镇

贡嘎山的海螺沟风景区在泸定县境内，从康定到海螺沟有两条线路可走，一条直接进入，一条经泸定县城后再到达，前者近些。我去的时节，近路因雨雪天难走被封闭了。不过，坐远点的车能参观到大渡河上的泸定桥也让人很满意。

从泸定县城去海螺沟还有不少路，没有大班车，只能打的过去。幸好拼到一辆车，分摊后不贵。司机见我背着大包，知道是游客，热情地推荐住所。他介绍的都是一夜要数百元的，我敷衍了几句。他又推荐一家背包客旅馆，说是一个残疾人开的。坐在边上的小伙子也很热心，他是大厨，劝我跟

泸定桥

磨西教堂

"定海神针"——镇上的千年古树

他走，说跟老板讲我是他的朋友，保证能给个最低价。

我想，海螺沟是个著名大景区，半天肯定玩不下来，通常景区住宿会很贵，不如先在磨西镇上游览，第二天一早再进沟，于是跟着小伙子下了车，住宿价钱果然在能接受的范围内。

磨西是个古镇，当年红军长征到过这里。中共中央在这里召开过著名的"磨西会议"，镇上至今保留着一些历史遗迹。

镇子不大，常住人口也就一万多人。过去只有一条主街，发展旅游后扩建了几条商业街，满街都是旅馆、饭店和商铺。在镇的最北头，有棵"神树"，取名"定海神针"，长在一座寺庙里，是棵枯树，树围很粗，估计有上千年了。在这棵树的对面不远处，有家小旅馆引起了我的注意。

小旅馆的名字直接而干脆，叫

老板江飞

"驴窝"的房间直冲着街面，实用、简单的条件很适合自助游

"驴窝"的同仁

"驴窝"！

我就是一个行走天下的"驴子"，这"驴窝"究竟是什么样的？我好奇地走了过去。

这是家背包客旅馆，几个工人正在装修。他们抬床的抬床，修门窗的修门窗。一个小伙子正在装着电灯线。看来他们正在做开业前的准备。

小伙子见我进来，和我打起招呼。交谈中得知他是小老板。

"你多大年纪？"

"驴窝"背包客栈

"二十。"

"听你口音不像当地人啊，怎么想到在这里开旅馆了？"

"成都的。喜欢海螺沟就来了。"

"大学学的旅游？"

"不是。读到大二退学来这里了。"

　　我一惊，什么？大学没读完就跑这里来了。"为什么不读完大学？这样做家里人不反对吗？"

　　他告诉我，来海螺沟两年了，这是他开的第二家店，与几个志同道合的年轻人合股办的。服务内容主要是：策划、组织川西地区非传统旅行路线的自驾、自助、徒步、登山、露营、穿越等活动；提供向导、装备、马匹、车辆、住宿等旅游服务。

　　在这个小店还看到一位女生，她正在做饭，东北人，大学毕业经人推荐过来的，她也喜欢旅行。我问她对自己的选择有过懊悔没有，她说挺快乐的呀。

　　离开"驴窝"，走到古镇南头的时候，我又发现了一家背包客旅店。这家店是座小楼，透过玻璃大门可以看到里面挂着毛泽东画像的红太阳大屏风。

　　旅店老板刘顺修热情地迎上来，我说自己已经安排住下了，进来不过是随便看看。他非常客气，拉我喝茶。大屏风前是张长沙发，我们就坐在那里聊了起来。

　　刘顺修近50岁，在深山沟里这个年龄段的人居然能知道"背包客"这个词，还能开这样的旅馆，这是不多见的，话题就从这里开始。

　　刘顺修告诉我，他7岁就成了孤儿，11岁遭遇了车祸，做了截肢手术。为了生存，他干过修表、理发和裁缝。19岁那年，他去上海装了假肢。他是四川石棉人（与海螺沟是邻县），21岁离开家乡，先后在云南的昆明、大理以及四川的西昌以做手艺为生。

　　1985年，他来到海螺沟开办了一个缝纫学习班。班上有个女残疾人。残疾人学习缝纫是不容易的，他对她很同情，手把手地教，或许同病相怜，俩人慢慢建立起了感情，这女子就是他的妻子刘天舒，从此他们有了小家。

　　这时我才注意到坐在一角忙着做针线的女人，她在听我们谈话。我向她点点头，她也回以微笑。我对他们相濡以沫的爱情肃然起敬。

　　刘顺修对自己的坎坷生活经历总结了这样一句话：人生就是一盆火锅，百味俱全。这句话令我至今难忘。

　　他又说，在做缝纫活儿的基础上，慢慢有了一些积蓄，先后开办过小

左侧的那座楼就是"鑫飞"背包客自助游旅社

杂货店、饭店，最后做起了背包客店。说起办背包客店，老刘说还要谢谢那些来住过他店的游客。有一年，一个游客在他这里住了一段时间，临走时跟他讲："老刘，你真是一个好人。我帮你在网上做点宣传，给你建立一个网页，他们打电话来，你就安排接待。"就这样，他的小店经这位游客之手，让全世界都知道了。现在很多游客，包括不少外国游客，都是通过网络找到这里来的，到了预定时间，老刘就去车站接他们。

听老刘说到这里，我突然想起在海螺沟路上小车司机介绍的背包客店，原来就是老刘这里啊。

老刘说，他开背包客店的经营体会是：只需要做好小事，而不是去做大事。把小事做好了，自然就会有声誉，自然就会得到客人的青睐。

"什么是小事呢？"

他举例说，随时有开水；随时能洗澡；客人洗衣服时能提供洗衣机、洗衣粉；客人想开伙，能提供做饭的炊具，使用的时候不收任何附加费，等等。做到这些，人家能不觉得方便实惠吗？下次能不再来吗？

我告诉他，镇北头有个江飞开的背包客店。他说，那还是他指点江飞办的。他不把江飞当竞争对手，认为大家都有碗羹吃，没有什么不好，只要认真做好服务，一起挣钱一块开心就好。

老刘还告诉我，自打有了这个小店，日子越来越好，两个儿子上大学的费用，都是开旅店挣的。店名取自两个儿子的名字，一个叫"鑫"，一个叫"飞"，合起来叫"鑫飞"。孩子们现在能通过学到的知识帮助家里管理了。老刘不懂电脑，孩子就负责起了网络的日常维护工作。两个在校的儿子轮流值班，网上有了客户，一个电话通知家里就可以了。

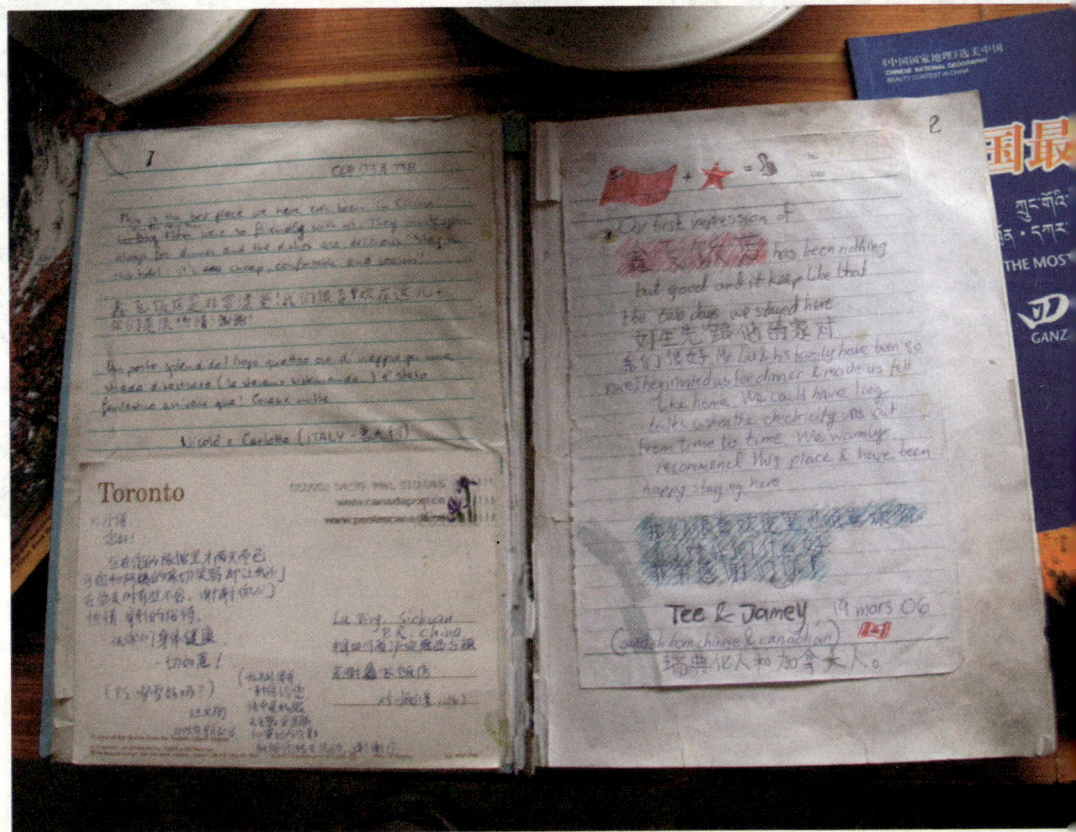

住过的游客都给这里留下了好评，其中不少是国外游客的

磨西古镇

走出"鑫飞"背包客旅社，江飞、刘顺修两个人的形象一直在我脑海中翻腾。

江飞，大学没有毕业就来海螺沟创业；刘顺修，双腿残疾，但身残志不残，硬是在艰苦中创出了一条生路。我被他们的创业精神深深折服。

梦，自有花开的时候。有梦的人生，会比没有梦的过得更有挑战性，也更有意义。

老刘又有客人来了，腿脚有残疾的他开着这辆电瓶车去迎接新客人

湘西：

骑上凤凰，体验生命的自在

湘西的凤凰古城越来越为人们所熟悉，一句"凤凰已经等了你千年"的宣传口号，搅得大家对这块土地怦然心动，魂飞梦绕。

湘西凤凰古城

群山环抱的凤凰古城

　　去凤凰之前，看过一些关于凤凰风情的照片和报道；儿子去那里旅行过，听他讲过一些故事，他还带回一个牛头木雕。这些，让我知道了凤凰是全国百座历史文化名城之一，名人辈出，遗存众多，周边山峦叠嶂，谷深林幽，沟壑纵横，溪河交错，自然风光奇特，是集山水风光、民俗风情、古城风貌、历史文化、名人故里于一体的旅游胜地。

　　当我从怀化坐车驶进古城周边的时候，只见满目青翠，突然眼前一亮，映入眼帘的是鳞次栉比的吊脚楼和碧绿的沱江，吊脚楼上挂着一串串大红灯笼，沱江上一艘艘载着游客的小船顺着古城墙蜿蜒而下……就这一眼，我便将凤凰定格在了心上。

　　下车走近再看，小城位于沱江之畔，群山环抱之中。江中的渔舟、游船

沱江边上

清静、奇特的古城

小城深巷

点点，水面倒映着南华山和万名塔的身影；吊脚楼下、码头边，淘米洗菜的姑娘笑声朗朗，洗衣主妇手拿棒槌激起浪花片片，槌声有节奏地回荡在河谷间。再看，沱江河畔的古城楼阁雄伟壮观，青石板铺就的街道明光闪亮，明清时代木质结构的房屋错落有致。这一切，犹如一幅浓墨淡彩的中国山水画呈现在眼前。

凤凰，一个确实能让人很快喜爱上的小城，我在这里静静地住了三天。在一个小县城住上三天，旅行中国的一路恐怕只有这座古城了。

凤凰古称镇竿，汉、苗、土、瑶等民族杂居，文化风俗别具一格。几个清早，我都跑到沱江边上去看一脉一脉漫开的水纹，看一摇一摆挑着担子过桥的行人，看一橹一橹划着水的小船，看一柱一柱升起的炊烟……这里的一切，是那么平静，那么舒缓。

我发现，这里的美，必须用平静才能体会。

我也爱看吊脚楼，更爱坐在吊脚楼的窗口，品着当地的甜米酒，看沱江的风景。最好不要说话，说话也尽可能地慢条斯理，这是最适合欣赏凤凰的节奏。

你看，那些梭鱼般的轻便小舟，是那样温文尔雅地贴着水面悄然滑开，疾徐有度地把观景和心情调整得如此和谐。河水沿着吊脚楼缓缓地掠过，雕花窗口伸出的竹竿上晾晒的衣物五颜六色，似无心招摇又似含蓄遮掩，让人不禁揣想楼上人家的故事。

彩虹桥架在奇峰山和观景山之间，桥上可以饱览凤凰的处处春色。风来时，枝头添上新绿；雨来时，风景更加曾谐。这里的山不高而秀丽，水不深

水上虹桥

虹桥一侧

夜晚的凤凰

酒吧里狂欢的年轻人

而澄清，峰岭相摩、河溪萦回，山间暮鼓，晨钟兼鸣，河畔轻烟，鸡犬相闻……

夜晚的凤凰也是美丽的。青石板上的人流依旧不息，商业街上满是琳琅的饰品店、画坊……蜡染店的印花桌布满是手工印迹，时尚杂志与儿时见过的小人书摆放在一起，身着民族服饰的苗族、土家族女子不时从身边擦肩而过，背包客则用惊叹的眼神打量着这里的一切……

路边的空地摆满了食摊，热气腾腾的饭菜，四溢的烤肉香气，加上"呲呲"的声响，足以让每一位旅人按捺不住自己的口水。这里还有青年人喜欢的酒吧，随着强音他们在猛烈地狂跳，尽情地开怀。

沱江再次热闹起来，大家开始在江面放起纸灯。一盏，二盏，无数盏，很快，整个河面成了灯流，蔚为壮观。视线随着纸灯远去，水尽头是架似乎转了几世轮回的老水车，在微红的灯光照耀下，讲累了故事，正沉沉地睡去……

凤凰，也不乏名人豪杰，这里的人有一种游侠精神。第一次鸦片战争舍身报国的定海三总兵郑国鸿，第二

烤乳猪

马蜂窝，在这里这也能吃的

次鸦片战争青岩、开州教案中正气凛然的贵州提督田兴恕，辛亥革命光复南京组织敢死队血战雨花台、被孙中山先生授予陆军中将的田应昭，以及抗日战争中血战嘉善、会战长沙，冲锋陷阵的"竿军"，都是凤凰人。当然，这也是大家都熟知的、被称为乡土文学之父的沈从文的家乡。

仔细想一想，人们喜欢凤凰，核心的东西是什么？

我想，是因为它具有别处没有的自然山水和人文环境。凤凰的美，美在意境中。人们正是为了体验这种意境的美，才摩肩接踵来到这里。

休闲为了什么？一是解除体力上的疲劳，获得生理的和谐；二是赢得精神上的自由，营造心灵的空间。旅

特色店铺

凤凰一样深浸着佛道文化

沱江上的河灯

放在水上的是灯，放出的是心情

行是什么？实际是一种将休闲上升到文化的行为方式，是劳动之余为满足人的多方面需要而呈现的一种文化创造、文化欣赏、文化建构的生命状态和行为方式。

休闲的价值，不仅仅在于实用，更在于文化，是一种从容自得的境界，是人的自在生命的自由体验。这种体验就是审美。休闲、旅行的根本内涵，就是对生存境界的审美化。

中国自觉的休闲智慧最早始于老子，他主张"无为而无不为"，强调人要活得自然、自在、自由、自得；孔子则推崇"曾点之乐"，提倡"游于艺"而"从心所欲不逾矩"。

在儒道休闲境界中，鸟语水声可以养耳，青禾绿草可以养目，观书绎理可以养心，弹琴学字可以养脑，逍遥杖履可以养足，静坐调息可养筋骸，这种"无往而非乐"、"无入而不自得"的休闲审美情趣，深深影响了中国人的休闲文化取向。

陶渊明的"采菊东篱下，悠然见南山"，就是对中国休闲审美境界的形象描述：自我生命与自然生机交融为一，自然无遮蔽地向自我呈现，自我无间隔地融入自然。

因此，中国的先哲对休闲也表现出对物质条件没有过多的计较，即使是

凤凰景色

"一箪食，一瓢饮"，"在陋巷"，也会因"谈笑有鸿儒，往来无白丁"而"不改其乐"。

这是一种人性的达观境界，在这里，休闲不仅是人与自然的和谐，人与社会关系的和谐，更是人自身肉体与灵魂的和谐，是"无往而非乐"的美感享受。

再一次信步在条石砌成的青石街上，呼吸着带着水气的空气，仰望翘角的楼阁，倾听河面传来湘妹有点野味的歌声。

凤凰，一座阳光洒遍的古城，山水相依，钟灵毓秀，田野是绿的，山峦是绿的，沱江的水也是绿的。在这里，你会感觉凤凰是活生生的，在心头一下子扑腾起来了。

小船带你追忆流水年华

猛洞河：

芙蓉镇上的三朵"土家花"

千百年来，猛洞河区域一直是土家族政治、经济和文化的中心。猛洞河是永顺县的主要河流，是土家族的母亲河，也是猛洞河景区的轴心。这里有独特的土家民俗风情和文化遗存，人们的劳作、仪式、歌舞，无不充满神秘、浪漫的气息。

同时，这里还保存着完好的自然生态和特异的旅游资源。游客可以坐着"天下第一漂"筏子，领略"天外浮云总渺茫，山间流水玉辉光；千寻匹练悬崖落，一道银河到海长"的湖光山影，也可以逐浪而飞，演绎生命的激情。

如果想追寻土家族文化，那么最好上芙蓉镇走一圈。芙蓉镇本名叫王

芙蓉镇

进入王村的古牌坊　　　　　　　　　　　　　　街景

村，谢晋导演、刘晓庆主演的电影《芙蓉镇》以这里作外景地，电影红遍中国，王村也因此被誉为"芙蓉镇"，闻名天下。

王村是进入猛洞河的南大门，位于猛洞河下游的酉水之阳，秦汉时就为酉阳县的治所，后为湘西历代土司王的盘踞之地，故名王村。土司王迁都老司城后，因这里舟楫之便，处于交通的咽喉处，王村成为湘西四大名镇之一，湘西北的物质集散地。

在土司王实行"蛮不出洞，汉不入境"的禁令下，溪州长期处于与世隔绝的状态，地区发展进程缓慢。只是到了清朝的乾隆、嘉庆、道光年间，王村才步入发展的鼎盛时期。街道上有大小铺面三百多家，饮食和客栈一百余户，每日往来客商两千多人，商贾云集、骡马成群。由河岸到五里牌的青石板路，就是那个时期由商家们共同出资陆续建成的。

这条长达五里的青石板街，一面依山，一面临水。临水的一侧是土家吊脚楼，依山的一边是飞檐翘角的宅院。这种别具一格的街道建筑群，成了王村独特的人文景观。

看这里的土家文化，最直观的就是镇上的老房子。这些房子很多，大多都有上百年的历史。房子多为木结构，一般正屋三大间，两厢配建吊脚楼。正屋中间顶上的横梁，建屋时非常讲究，它必须由大而直的树干加工而成。有趣的是，这根梁必须是"偷"来的。主人派建屋木匠到山里选梁，选中后在树上系一红布，若选了别人家的树，树主可不能生气，更不能阻止人家来"偷"，而应感到自豪。因为这意味着家里将人丁兴旺，儿孙都能成大器，即成为栋梁之材。所以，"偷"树时树主

第一家博物馆

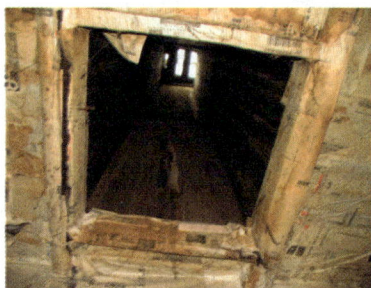
奇特的筒窗

要破口大骂，骂得越凶，建屋主越高兴，此风俗至今在土家山寨仍很流行。上梁时，还要唱上梁歌，大梁披红挂彩，从屋顶上扔糍粑等。

我讲述的土家"三支花"，是看到的三家"博物馆"。

第一家"博物馆"是座全木结构建筑。房主是位聋哑老人，孤零零一个人生活。我本不知道他的房子可以参观，是他硬拉着我，呜呜呀呀比划着，我才明白了他的意思。

楼内明堂

他的房子最大的特点，是采光别具一格，有13个不同的采光处。除了传统的窗子，还有天井、天窗和明瓦。最令人惊奇的是一个天筒。天筒上小下大，长有10米，直径一个水缸粗细，木制，从二层房顶直接接到一层屋内，照得室内明亮亮的。

我从不同的角度拍了这所房子和它的采光。临走，留了几元钱算作门票，老人非常高兴，比划着，希望我再来。

第二家"博物馆"是芙蓉镇河畔60号。馆长是位土家青年人，是房产的主人。他还印有参观门票，门票上写着"观瀑吊脚楼"。票的背面写着：此楼地势险要，是土家民居最具代表性的建筑，至今有百年历史，历来为观赏芙蓉镇著名风景瀑布的最佳位置。楼内陈列有土家古老历史文物300余件，中央电视台曾多次来楼内采访，专题报道过这座小楼。

小楼确实很小，总面积加起来不会超过100平米，但巧妙地做成了二层楼。一进门是客堂，大约十几平米，靠里一点有个火塘。火塘有堵墙，进去就是厨房，厨房的左边是过道，过道边上是房间，房间没有床，人直接睡在木地板上，也只有十几平米。房间里能直接看到灶台，灶台前拥有只能一个人活动的空间。和灶台相平的是凉台，大约也是十几平方米，上面有坐椅板凳，观瀑布的地方就是在那里，放眼望出，确实风光无限。边上是一架木梯，踩上十几级后，就来到最上面的楼阁，高大一点的人站在那里恐怕腰都直不起来，上面放着平日用

进门是客堂，有个火塘

灶台、凉台，右手边是上阁楼的木梯

小楼是看瀑布的最佳点

阁楼

家里的灶台

不上的物什，也可以睡人。

别看楼小，名气可不小，不少名人拜访过这里。导演谢晋和许多文化名流曾为主人题过字，刘晓庆站在那个灶头边拍过电影……

我对主人处闹市不经商而办文化产业的做法敬佩有加，笑对他说：

"依我观察，你开博物馆可没有卖东西赚钱快啊。"

"是啊，如果只想赚钱，我就去开店了。开这个博物馆，是想发扬我们土家文化啊。现在，土家文化丢失得都快差不多了，如果没有人出来保存、抢救，再过几十年就彻底不见了。"

他认真地说："我从小在这个房子里长大，记得很清楚，那时妈妈做早餐，睡在旁边地板上的我们，不出屋就能看到炊烟里她劳作的身影。那个身影至今都在心头。"

小杨简单的几句话，让我对土家人的普通生活有了更真切的感受。

国家级文物保护单位在永顺县有三处，其中"溪州铜柱"就在芙蓉镇。我在第三个"博物馆"里看到了这件宝物。

原来，土家族土司王历史上常和汉族封建统治者发生摩擦，土司王的盘踞地点多次受到袭击，四处搬迁。公元939年，当

国家级保护文物"溪州铜柱"

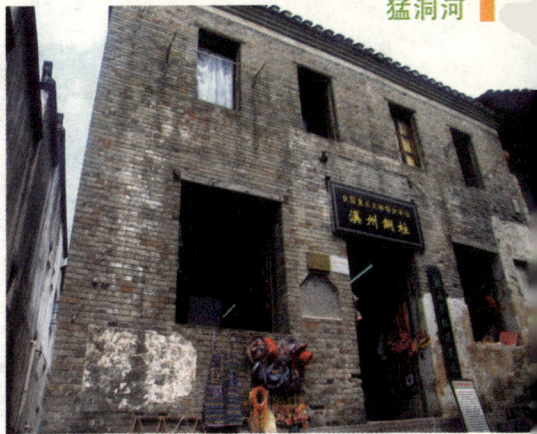
镇上的第三家"博物馆"

时的土司王再次和汉人发生溪州之战。公元940年，双方议和，在辖区边缘会溪坪立下一根铜柱，铜柱写明今后土汉和平共处，并将盟约刻于上，字迹清晰可辨，成为民族和解和团结的象征。现陈列于王村民俗馆内，是研究土家族历史的重要文献。

馆内除了这根铜柱外，还有大量介绍土家族的信仰、婚俗、狩猎等古朴民俗的图片，体现民俗特色的各种雕刻品及家具什物，还有土司王塑像、土家崇拜的神像，等等。还会现场表演"摆手舞"、"哭嫁"、"咚咚喹"、"土家溜子"、"情歌对唱"等民俗歌舞。

土家族是一个古老的民族，跟苗族一样，有自己的语言，但无文字。

土家的信仰

土家文物

镇上的织锦工场

居住在王村的百姓几乎都是土家族。土家人自称"毕兹卡"，意思是"本地人"；称苗族为"白卡"，意思是"邻居"。

一方水土养一方人。土家族有自己传统的节日，也有本民族的歌舞。"哭嫁"是有别于其他地区的风俗之一。姑娘出嫁的时候要唱"哭嫁歌"，哭嫁歌唱得如何是评价女子的标准。女孩一般在十二三岁开始学唱"哭嫁"，哭嫁一般要哭半个月，有的要哭两个月。曲目主要有《哭爹娘》、《骂媒人》、《别祖宗》、《哭上轿》等。按旧俗，女子出嫁以后，除了每年的六月六"麻妈节"（即姑姑节）外，其余时间一概不得回娘家，这叫这些女子能不哭吗？

王村最有名的工艺品是织锦。土家织锦称为"西兰卡普"。卡普是土家语，即"打花铺盖"。传说有一个美丽的土家姑娘叫西兰，擅长织卡普，所以现在称土家织锦为"西兰卡普"。土家族的传统服饰是，男女一般都用

2～3米青丝帕或青布帕包头，男的缠人字门，女的则不缠人字门，未婚女子不包头帕。衣服与苗族的差不多，显著标志就是苗族衣服无领，而土家族衣服有领。

在芙蓉镇，叫刘晓庆米豆腐店的特别多。米豆腐是王村最有名的小吃，鲜洁如玉，柔嫩松软，具有独特的色香味。王村是电影《芙蓉镇》的外景拍摄地，影星刘晓庆在片中扮演了一位风姿绰绰的豆腐西施胡玉音，这样一来，王村的米豆腐店更声名鹊起了。

芙蓉镇，好美丽的名字，难怪王村被人叫了芙蓉镇以后都不愿意叫回王村了。

街景

芙蓉镇当年的水码头，现在是旅游渡口

喝了这碗酒，我们是朋友

凯里不大，我到达时正是"五一"假期的一个下午，游人如织。都说西江苗寨好玩，于是我跟着一伙人挤上了临时加开的去西江千户苗寨的长途班车。

从凯里去西江的公路很不好，走在崇山峻岭间一路颠簸，有些路段还差点出危险。大约下午三时我到达千户。满山的苗家村寨被金色阳光照耀着，就像涂了一层油彩，金晃晃的，极有气势。车上乘客都是去苗寨旅游的，看到这风景，不等车到寨前，就隔着玻璃窗一个个端起相机噼里啪啦抢拍起来。

西江是雷山县的一个村寨，是苗语的音译，意思是苗族西氏支系居住的地方。这里集中居住着一千多户人家，是全世界最大的苗族村寨，所以又有

水车不停地转，就像祈祷安康

过了这个牌坊，下山就是千户苗寨　　寨子里的主要大街

"西江千户苗寨"这个称呼。她的美丽容貌，骄傲地吸引着四面八方好奇的目光。

我和一群自助旅行者住到了一个杨姓苗族家庭里。放下背包，顾不上休息，我就赶紧抢拍风光和苗族风情去了。

寨子坐落河谷两旁，四面群山环抱，重峦叠

房东杨家夫妇

千户苗寨

婚宴上欢乐的人群

只要有人从他家过，一定要喝口酒

嶂。源于雷公坪的白水河，蜿蜒流淌，穿寨而过。河水将西江苗寨一分为二，层层叠叠的吊脚木楼，从河两岸依着山势，迤逦向上展开，连绵成片的红彤彤板壁，在阳光照射下一片辉煌。房前屋后，翠竹点缀，寨脚寨顶，杉木掩映。

苗寨大多是木制吊脚楼建筑，用杉木搭成，依着山势向两边展开。正值

门口摆放着亲家送来的酒和米，这可能是嫁妆的一部分

春天，屋前屋后的巨大杉木吐出片片青叶，与金色阳光下的吊脚楼相互辉映，煞是美丽。

我一路走，一路拍，遇到了一户苗家人在娶亲。我从门前过，硬被拉进去喝喜酒。当时，酒宴已经结束，桌上的酒菜还没有收拾，大家开始围坐一起唱歌跳舞。他们拿来一个空碗，斟上了酒，接着就对着我唱起了山歌，歌词大意是：你是我们的朋友，远道而来，今天我家有喜事，你一定要喝下这碗酒。

望着满满一碗白酒，心想与这些人素不相识，他们却把我当尊贵的客人，真让人有点受宠若惊。我说自己没有带礼物，按照汉族风俗，这样去喝人家的喜酒未免有些难为情。

别人告诉我，说我多虑了，苗家人结婚根本不送份子的，只要有喜

婚宴时间太长了，小孩子都困了

亲家在一起

事，全村人都会被邀请来喝酒。如果
有人从家门口过，无论认识不认识也
一定要请他来喝点酒。看到他们这样
热情好客，我决定向新人表示庆贺。

不过，我也有点打怵。我的酒
量一碗白酒放不倒，但他们人人来敬
我，甚至若觉得我能喝，再来"灌"
我，那我可就招架不住了。

他们见我不喝，拼命地唱歌，一
首接一首。这家的婆婆端着酒，对我
说："喝了这碗酒，我们是朋友。不
然，就是看不起我们。"

我不好意思了，端起大碗喝了下
去。他们顿时欢呼起来，接着，一碗
一碗倒过来。酒是自酿的米酒，酒精
度数不高，很香甜，很清醇。为了尊
重苗族的风俗，也为了增加欢乐的气
氛，我连喝了好几碗，接着还和他们
一起又唱又跳起来。

来参加婚宴的亲戚走的时候，主人要送他们一腿肉

客人们酒足饭饱

欢乐的人群

我脸上被抹了锅灰

苗家的风味晚餐

他们见我加入了欢乐人群，更加高兴了。大家唱着，跺着地板，几乎都快把楼板震塌了。那位娶亲的婆婆还在我脸上抹了锅灰，那是苗家对人友好的表示，我非常快乐地接受了。

来自河南郑州的李杰夫妇也喝了这家的喜酒，也沉浸在婚庆的欢乐中。有趣的是，在我们后来前往榕江的路上，又碰上了一家苗族人结婚。那是在长途班车中午停车吃饭时，我们找到一家苗人开的饭店，老板说今天给儿子办喜酒不开张，邀请大家一起来吃喜酒。我们要付钱，老板怎么也不肯，他要的就是南来北往的客人与他们一起同庆的欢乐气氛。

在千户苗寨喝了喜酒的那天，房东也为我们备了苗家风味的晚餐。那天大概有二十人住在她家里，客人来自全国各地，其中有好几个不同民族的朋友。长长的饭桌上摆满了苗家饭菜。

长长的饭桌，欢乐的气氛

喜酒必须喝

女主人打开自家酿造的米酒，放开歌喉唱起了山歌：

"远方的客人啊，我家的米酒可能不好喝，但我的心是真诚的，请你喝下这碗酒，我们的友情会长如河……"

客人中，属我年纪最长，我也因而得到了更多的尊重。主人一杯接着一杯敬我，喝了这杯，又有下一杯的说法，好像苗族敬酒的说头也很多，总之要你喝下去。大家乐呵呵的，互相敬酒，互相表达美好的祝愿，气氛十分热烈。

我极力控制着酒量，酒很淡，但后劲很大，不知道是酒量不行了，还是真的喝高了，晚上的篝火歌舞晚会我没有去成，一觉睡到了大天亮。也许，我是被民族团结和淳朴真情深深地醉倒了。

千户苗寨，难忘的地方

从江：

最后的枪手部落

CongJiang

芭沙

从贵州荔波出来，我一个人返回三都，接着从三都沿着321国道下行，进入了都柳江风景名胜区。都柳江在明代称为合江，因烂土河（天河）、打见河、马场河三条河汇合而得名，清代改称"都江"，后与广西的柳江并称为"都柳江"。都柳江景区总面积约一百多平方公里，从贵州的三都至广西的柳江都在其范围内。一路要经过榕江、从江、三江等县，这里山岭对峙，水流湍急，河槽随山势曲折，深藏于高山之中。其间溪流瀑布、峡谷沙滩兼容，峰峦绵延，梯田层层，林海苍茫，云雾环绕，鸟语花香。住民除了水族外，还有布依族、苗族、壮族和侗族等。

芭沙寨距离从江县城有六七公里，是苗族的一个分支。芭沙寨由五个自然村组成，被誉为"苗族文化的活化石"。这里的男子保留着长发束辫的习俗，常年腰挂鸟枪、

芭沙人

岜沙人的村寨

岜沙人的田地

岜沙人的住房

葫芦、牛角、砍刀，肩扛火药枪；女人则绾偏髻、插木梳，身着苗王方印图形的三角裙。这里是公安部允许配带枪支的唯一的部落村寨，因此也被称为"中国最后一个神秘的枪手部落"。一千多年来他们始终保持着自己民族的特点。

岜沙人大多姓"滚"，称自己是蚩尤的子裔。蚩尤是远古时期少数民族的头领，在逐鹿败于黄帝后，其三子携家人逃至深山。茂密的山林，庇护了他们，一代一代在这里繁衍生息。据说岜沙苗人的祖先是大迁徙时的先头部队。

岜沙人爱树，树是他们的根，也是他们的神。

迎面走来的岜沙女人，
服饰别具一格

岜沙人用上了自来水，
但水质还存在问题

椿稻谷的工具

岜沙人爱树，周边到处是森林

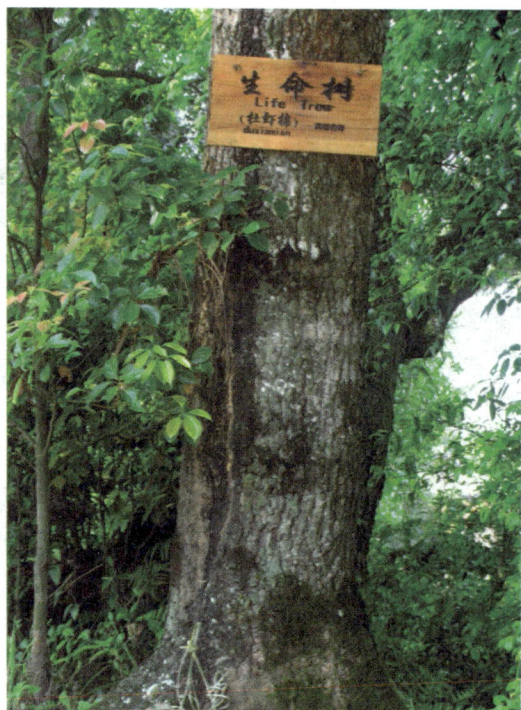

孩子生下来，家里人要种棵树。当人去世的
时候，伐倒树，伴人入土

每当有婴儿降临到世上，家人便为他栽下象征生命的一棵树。树上挂着牌子，上面写着他的姓名，待他离世后，树会被砍下做成棺木入土。入土后不留坟头，再栽上一棵新树，象征灵魂的再一次轮回。岜沙人绝不随意乱砍林木，且年年都要祭拜千年古树，家园附近森林面积达7 000亩。

　　岜沙人属于苗族，但装束和别的苗族部落不一样，有自己的特点。男人们至今

为最古老大树的树根盖起的亭子，
教育后人牢记历史

岜沙人的装束

保留着带刀佩枪的习俗。他们将头发蓄起，在头顶盘成一个发髻，称之为
"后棍"。40岁以上的男人和15岁以下的男孩如今仍都梳着发髻。男子腰上
挂着一个竹篓，里面装着一把柴刀，这是随时准备在山林间劳动用的工具。
有意思的是，他们的"后棍"就是用这种工具剃出来的，这不由得令人有点
担心。

　　岜沙人穿的服装都是女性织的土布做成的，男女服装都以黑色为主调。
女人会在黑色的衣裙上缝制一些彩色图案装饰，孩子们的衣着颜色则更加丰
富一些。

　　岜沙人的民居都是木制结构的吊脚楼，与山势结为一体，整齐有序地排

孩子扎着"后棍"

女人在家织布，管理家务

晒禾架

禾仓

列在山坡上。楼体一般分为上下两层，下层前面用立柱支撑起二层楼板的前半部，二层的楼板一直铺到山坡部分的地面，整座房屋有一半悬在山体外。上层住人，下层养牲畜、放杂物，上下层之间有木梯相通。众多吊脚楼的屋顶用衫木皮铺就，显得原始古朴。

在岜沙村落的外围，有许多一排排四至五米高的"晾禾架"。"晾禾架"秋天用来晾晒地里收上来的稻禾，平日用做印染土布的架子。晾禾架边有每家用来储藏粮食的"禾仓"，粮食打下后就放在那里，而不是放在家里，可见这里民风淳朴，没有偷盗现象，治安很好。

主人滚望元

吊脚楼底层，是饲养牲口之处

83

走进屋就是火塘，锅里是他们的饭食

二层是前廊

我拜访了一位叫滚望元的岜沙人的家。

他向我详细介绍了岜沙人的风俗和他家的经济情况。

岜沙目前虽不富裕，但岜沙人的热情、快乐，还有他们扛抢的雄姿，古老的"后棍"，强悍的猎人品格，神圣的树葬……这些颇具前秦遗风的古老生活习俗，给我留下了深刻印象。我一直难以忘怀，在我们生活的土地上有着这样一群同胞。

村主任贾云两

岜沙寨子的广场

龙胜：

潘品辉的幸福生活

潘品辉是我在广西龙胜的房东，瑶族人。和他的结识完全是巧合。我到达龙胜刚下车就撞见了老潘在招揽生意。他穿着朴素，一脸的忠厚。我不知道他的底细，也不清楚他的家在哪里，我到龙胜是来看龙脊梯田的，要是他把我带偏了地方怎么办？再说，我还要打听去资源、兴安怎么转车呢。

老潘见我犹豫，说，你先打听，我过会儿过来，车站正好有几个在我家住过的客人，你也可以听听他们的反映。那几个人是北京的，都说老潘家人

龙脊梯田

大瑶寨门口

老潘在前面走。他们世世
代代都是这样上山下山的

不错，建议我住在他家。

这下我放心了，并打听清楚了发往资源的车次和时间，这时老潘办事也回来了。我告诉老潘我在行走中国，他很赞赏，给了我最优惠的房价。后来得知，这种优惠在"五一"期间只能是地铺价，而他却让我住进了一个推开窗就能把梯田尽收眼底的最好房间。

从龙胜县城到龙脊景区大门验票处有11公里，景区分为两大部分，一为平安景区，那是传统的景区，去那里还有11公里；二为新开发的金坑、大寨景区，老潘家住那里，还有17公里。我跟着他坐小公交换了两次车到了大瑶寨。

原以为到了大瑶寨就到他家了，哪知老潘说，那只是山脚，到他家还要走两个小时的上山路。望着高高的山脉，我真有点畏惧了，我是"全副武装"啊，除了背囊和小背包，还有摄影包，里面装的全是满满当当的食品和衣物，而且我根本没有攀山的思想准备。

老潘人很好，要帮我背，我怎么肯麻烦他呢？他肩上已经满满一背篓了，

居住在当地的瑶民

山上流淌下来的清泉。接到家里，就喝这水；接到地里，就用来灌溉

余晖下的龙脊梯田

分量只会比我的还重。想想自己已走过很多的路，我决心挑战当地的高山。

　　老潘在前面带路，走得很快，我紧跟着他。我告诉老潘，现在夕阳西下，阳光非常好，我要照点相，一路上要有好的风景点，请他帮忙指点一下，他说没问题。

走啊走，走得我浑身是汗，老潘几次要帮我背包，我都谢绝了，嘴里则不停地打听还有多少路，是不是快到他家了。老潘看出了我的心思，便在山腰的一家茶馆停留了二十分钟，他知道我要强，特意用这种方法让我休息一会儿。

走到茶馆，才不过走了三分之一的路。我重新整理了行李包，三个变成了两个。实在装不下的一些小东西，只好放进了老潘的背篓。这下老潘肩上的分量更重了，他下山带到这个茶馆的东西还要带上去，于是换了一个大背篓。我们又走了一个小时，终于到了他的家。

老潘的家在最高的一号观景台附近，虽然高了一些，但早起看风景、拍照片，那是最好的地方。哪怕起晚了，只要一睁眼推开窗子，马上就能抢到最美的镜头。我的那些晨景照片，特别是日出水田的照片，全得益于住在他家才拍摄的到。每次欣赏那些照片，便会觉得住他们家真是没有白跑。

安顿好之后，我跟老潘商量，当晚和他们家人一起吃饭，他们吃什么我吃什么，只要是一顿普普通通的瑶家饭就可以，老潘答应了。饭吃得比较晚，因为老潘家人回家都很晚，日常劳动很辛苦。

这是一顿普通的晚餐，一只黄焖

阳光西下，两只鸡跳到茶馆窗台上晒起太阳来，好悠闲啊

老潘家的房子高大、漂亮

老潘和孙子

89

老潘家的晚餐　　　　　　　　　　老潘一家人

从山顶看下来，那座红房子就是老潘家

鸡、一盘烧鱼、一盘牛肉苦瓜，还有瑶族特有的酸辣汤。老潘说确实没有为我增加菜肴。巧的是他们家的大多数成员都来了。老潘有个妹妹，住在附近，这天他妹妹、妹夫也在这里吃晚饭；老潘有两个女儿，其中一个招了女婿，我也见到了他们；老潘的父亲还健在，只是一个人过，去找他吃饭，他人在地里还没有回来。老潘才43岁，已经做爷爷了。他拿出自己酿制的重阳酒招待我，他酒量很好，平常没有客人也要喝半瓶，我陪着他喝了一些，聊了很多。他们一家人和和睦睦的，令人羡慕。

　　席间，我说出了一个想法，说我想拍摄他们的家，不需要他们做什么，只是拍摄的时候他们不要回避，该做什么做什么。如果我有提问，只要照实说就

瑶族女人的长发是一道风景，老潘的妻子在盘头

大厅

楼梯

可以，他们答应了。

第二天一早拍摄晨景回来，遇到老潘正抱着孙儿，他的妻子在洗漱盘头，我抓起相机捕捉了他们的生活场景。

老潘的女儿还没有出门，我跟她聊了起来。

"今天出去拍照，景色非常美丽。你们住在这里，真是一种幸福。"

"真是这样吗？我可没觉得。"老潘女儿毫不掩饰地说，"以前这里太穷了，穷到我经常都这样想：我怎么会生活在这里啊？"说完，她笑了起来。

老潘女儿的回答让我吃了一惊，不过，她说的肯定是真实的感受。

"现在生活慢慢好起来了，才感觉家乡是有点美。"她补充道。

看来，对美的欣赏也是需要心境的，没有温饱生活做基础，对美的精神感受自然是不同的。

老潘也告诉我：他16岁就辍学出去打工了。那时候打工是扛着铺盖，背着口粮去的，家里吃点盐都很困难。

"这个房子可不是我当年住的地方，这是贷款4万元，总计花了40万元盖起来的，现在还有一半贷款没有还清。如今我的生活已经很好了，我很满足。我兄弟两个，一个妹妹，昨天你见过的。我没有儿子，就招了一个女婿。小孙子也一岁多了。你知道吗？我当初可是500元起步的啊。"

老潘的老宅

老宅的大门

老宅的前廊

听了老潘的一席话，感动于他的生活变迁，我提出方便的时候让他带我去他的老房子看看，也去看看他的老父亲，他答应了。

在龙脊两天我拍了数百张梯田照片，第三天一早向老潘告辞结账。虽说事先有约定，但我还是按享受所值付了钱，老潘一直感谢，但我觉得是应该的。离别时，按照约定，我们一同下山去看老潘以前的住所和他的老父亲。

老潘的老宅在半山上，走半个小时就到了。那确实是一处破房子。几乎难以想象，他小时候是在这样的环境中成长的。他父亲还住在这里，总认为金窝银窝不如自己的草窝，老人舍不得这个破烂的家，认为再破也要有人看守。

他的父亲不在家，下地去了，没有见到令我很是遗憾，不然我会做一个很好的访问。不过，拍摄的很多照片也足以把当年瑶族群众的生活状况说清楚了。

我问老潘，像他这样开家庭旅馆的人家有多少。他告诉我，全寨有72户，分为4个小队，他们队有11户办了家庭旅馆。我告诉他，我在四川海螺沟遇到一个残疾人，开办家庭旅馆用上了互联网，不用出门就可以承接来旅行的人。我建议老潘可以学习他们的做法，不用跑到县里去找客源，这样可以减少经济成本和时间成本。老潘问了电脑多少钱，需要什么技术等，我一一告诉了他。最后我还告诉他，我会把他家的情况写成文章放在网上，等他有了电脑，打开就能看到了。他呵呵笑了，笑得很慈厚。

在潘品辉的旧宅门前，我与老潘分了手。我们的手握得紧紧的，双方都知道不知哪年哪月再见面了。

下山的路上经过村公所，看到墙上贴着村子发展规划示意图，还有村子收支公开一览表。看到这些，我心里暖洋洋的：一个社会主义的新瑶村正在建设中。希望潘品辉的生活一天比一天好，也希望当地有更多人的生活像他一样越来越好。

难忘大瑶寨和潘品辉幸福的一家。潘品辉家在龙胜县和平乡大寨村田头寨。他们家的旅馆名称是"金美阁"。

涠洲岛：
少看一眼比永远看不到要好

涠洲岛是中国最美的十大海岛之一，位于广西北海市正南面21海里的海面上，面积24平方公里，是中国最大、最年轻的火山岛，也是广西最大的海岛。从高空鸟瞰，涠洲岛像一枚弓型翡翠浮在大海中。夏无酷暑，冬无严寒，四周烟波浩淼，岛上绿树茂密，气候宜人，风光旖旎。奇特的海蚀、海积地貌与火山熔岩景观，以及绚丽多姿的活珊瑚，都是13万年前因火山爆发的烧灼

涠洲岛国家地质博物馆

而形成的，这里堪称"人间天堂，蓬莱宝岛"。有现代诗人吟诵她：一只斗笠静静卧在银色的沙滩上。

我于早上6时来到北海港，这里8：30有直接发往涠洲岛的海轮，我把背囊一存就上了那班轮船。船航行了三个小时，在甲板上欣赏大海美丽风光的时候，我结识了贵州六盘水市户外运动协会的谢伟先生。

谢伟40岁出头，人很干练。

向涠洲岛进发

他最南到过西沙群岛的永兴岛，最北到过新疆，攀登过慕士塔格峰，还步行穿越过西藏的墨脱，曾登到珠穆朗玛峰的三号大本营（冲击顶峰的最后一站）。他告诉我他正与国外探险者合作考察广西的神秘溶洞。听说我在行摄中国，他非常高兴，我们相约搭伴游涠洲岛，沿着涠洲岛走一圈，至于吃住，走到哪儿算哪儿，游尽兴再走。

参观了地质博物馆后，我们走到岛的西南端，那里的火山口景观、海蚀景观、热带植物景观和生物景观都是天下奇景，具有很高的观赏和科研价值。

在平台听涛、百兽闹海景点，由于海水的冲击，道路似乎中断了。

谢伟问我："原路返回还是顺着山崖走下去？"

我看了看地形，这一带都是10～30米的峭壁，路紧贴着大海，海水在四五级海风的鼓动下，正一波接着一波冲击上来，浪花飞涌，颇有大浪淘尽一切的澎湃气势。我又看了一下旅游地图，图上这段线路还不短。我怕海水打湿相机，更怕相机掉进水里，上次在广西灵渠的落水险遇已经让我怕了，觉得有一定的危险性，我便说："还是原路返回吧。"

谢伟夸奖说："给你出的一道题，你

最奢侈的公路，用珊瑚碎石铺就

火山爆发后形成的滩涂

山穷水尽疑无路

海水正一波接着一波冲击上来

翻过山崖看到的情景证实了谢伟的话是正确的，海水已经吞没了道路

答对了。"

我疑惑道："为什么要出题考我啊？你走哪里，我跟着不就可以啦。"

"你不是行摄中国吗？后面的路还长着呢。一个人旅行的危险性肯定很多，这道题就是考你的判断力和安全意识的。"

谢伟说："你注意到了吗？海水正在涨潮，速度很快，不等走过这段山崖，海水将吞噬附近的一切。我走那条路，或许问题不大，因为我会攀岩，但你就有麻烦了。告诉老哥一句话：出外旅行，少看一眼比永远看不到要好。"

一小时后，翻过山崖看到的情景证实了谢伟的话是正确的，海水已经吞没了道路。幸亏没有走山崖下的路，不然我们很可能在与海水搏斗了。

和谢伟一起走，可以学到很多实用的旅行技巧。

大约走到海岛正中间时，谢伟的挎包背带钩坏了。他一手抱着包，一边走路，还要摄影，非常的不便。他很快找到了一个鱼钩，我正发愁没有针线能用来缝补的时候，他从包里掏出了一个小盒。谢伟称小盒为"救生盒"，铝制的，有带饭装菜的饭盒那么大，装满了各式各样的救急小工具，小钳子、小锯子等，一应俱全。他拿出针线很快缝补好了。谢伟告诉我，长途旅行一定要备

谢伟在修理自己的背包

谢伟抓到一只蝙蝠

谢伟抓到的海蜇

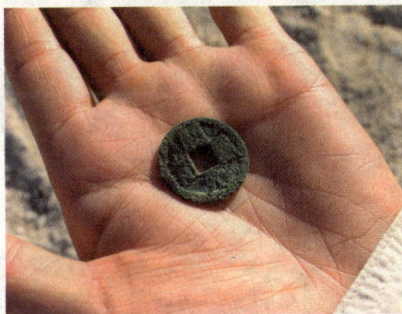

谢伟一脚从沙子里踢出一枚古币

有这种小盒。我包里也有这样的小盒，但是内容没有他的丰富。

当晚我们住在了渔民家里，第二天一早，海水退潮了。天刚亮我们便继续沿着海岸线进发。沙滩路很不好走。谢伟走在前面，我使劲赶也追不上他，还出了很多的汗，随身带的淡水，半上午就喝没了。

谢伟告诉我，徒步不能经常喝水，喝得越多，汗出得也越快，人没有累垮却喝水喝垮了。正确的方法是：出发前要喝足水，路上一般情况下不要喝水，即使渴也不能敞开喝，抿湿嘴巴就可以了，到了目的地再喝足。这样不容易出汗，还能保持体力。

谢伟总有奇遇。他一会儿抓到了一只蝙蝠，一会儿看到了一个海蜇，一会儿砍下了蜜瓜，最有趣的是，他竟在沙滩上踢出了一枚古铜钱。我认为这

涠洲岛风光

是在涠洲岛上最大的收获。

　　我们一路经过了许多景点：鳄鱼火山公园、海岛植物公园、滴水岩、海底珊瑚区、贝壳沙滩、芝麻滩、龟石公园等，看到了一般游客看不到的许多景致和海岛风情。有传说是反清武士的驻地，叫"贼佬洞"；有状似卧龟的石穴，叫"海龟窿"；有像仔猪的小岛，叫"猪仔岭"；有酷似一张宽额、高鼻、翘下腭的人脸岩石，叫"洋人头像"。

　　在波浪、海流、潮汐的侵蚀下，涠洲岛海岸基岩出现的海蚀洞、海蚀沟、海蚀龛、海蚀崖、海蚀柱、海蚀台、海蚀窗、海蚀蘑菇等奇特地貌遍地都是。成片的甘蔗林、芭蕉林、仙人掌，让人难以忘怀。赏黄色的

涠洲岛风光

仙人掌花，品猩红的仙人掌果，或在海里畅泳，在沙滩拾贝壳，听涛，吃海鲜，真的极富浪漫情调。

那一路我们成了朋友，后来一直保持着联系。2008年汶川大地震，空军的一架救援直升机撞山坠毁，谢伟积极参加了营救行动，是救灾飞机残骸最

涠洲岛风光

早发现人之一。他在涠洲岛对我说的"宁可少看一眼，总比永远看不到要好"这句话，给我留下了深刻印象，成为我经常自我提醒的箴言。

涠洲岛风光

勐腊：
花去一天时间的那下抚摸

凡到了边境地区，我都要去界碑或者口岸看一眼。在广西，到过了中越边境；在云南，我要去中老、中缅的边境。

勐腊县在云南省最南端，其国境线长达740．8公里，其中与老挝段677．8公里。如果去中老边境，勐腊是最好、最近的选择。

勐腊这个县名是早在13年前就知道的，当时我去云南，在火车上认识了一位军官，他在中国勐腊边境口岸磨憨边防部队工作。他告诉我，从昆明下车后坐长途汽车到他们那里还要走两到三天，如果不坐汽车卧铺，到了目的地人基本要颠散架了，当时没有什么高速路、柏油路，全是坑坑洼洼的土路，听得我都惊呆了。不过他也说，那里怎么怎么好，风土人情和内地全然不一样，邀请我去那里看看。当时有公干在身，不可能跟着他前去，但我记住了这个地名：勐腊。

西双版纳的地名很有意思，很多地方都带"勐"字。傣家人告诉我说，凡是带"勐"字的，都是指大地方或者是大镇子，如果是小地方或

中老边境口岸磨憨

去勐腊要经过橄榄坝

者小镇子就称为"曼"。"腊"是茶的意思，勐腊就是产茶叶的地方。普洱茶有六大茶山，其中五大茶山——曼洒、曼庄、易武、倚邦、革登都在勐腊县内。

勐腊有中国"雷都"的别称。有这个别称的，还有海南岛和贵州的雷山县。据说，这些地区全年平均雷暴日均在100天以上。西双版纳的勐腊县，年雷暴日121.8天，是我国雷暴最多的县。"初春雷声早，夏秋雷声急，隆冬雷声隆，四季雷不绝"是当地雷暴天气的特点。不过我去勐腊的那天，天气特

橄榄坝附近的澜沧江江运

别好，气温很高，没有出现雷暴。

勐腊也是著名的风景区，到西双版纳一定要来这里看看。这里的山林有"珍、特、高、大、多"的特点。其中以望天树最为出名。如果时间有限，不去望天树，哪怕坐在车上一路看看也不错，这里的风景到处都很美。

值得一提的是橡胶园。西双版纳原来是没有橡胶园的，最早种植橡胶树始于1948年。1953年初，国家组织专家进行橡胶种植可行性考察，同年9月开始试种，获得成功。1956年，为打破国外对我国橡胶的封锁，国营农场大力发展橡胶生产。1963年，在国家的帮助下，当地农民开始种植橡胶。如今在西双版纳的低丘山岭上，出现了一坡又一坡橡胶园。

当地群众说，原先橡胶收购价是一级品每公斤17元，二级品每公斤16.2元，2006年每公斤30多元，一棵橡胶成树可卖到400元，如果谁家有橡胶园，那就发大财了。正因为如此，许多山林的热带植物被砍光了，种上了橡胶，结果出现了西双版纳大面积土地荒漠化的情况报道。种橡胶怎么和土地荒漠化有联系？原来，橡胶是一种吃地力的树种，种了它，土地会变得越来越贫瘠，接着出现水土流失。看来，处理发展的科学性和可持续性，在哪里都是

橡胶园

勐腊风光

一个大课题。

勐腊有条清澈的南腊河，最后汇入一江连六国的"东方多瑙河"——澜沧江。澜沧江从勐腊县出境，出境后称为"湄公河"。在中国江段上有我国的澜沧江第一港——关累港。

此外，勐腊还有多处陆地边境的进出口，其中磨憨为国家级口岸，从这里至老挝延伸到泰国的旅游线路已经开通。

汽车在热带雨林中穿行，处处都是美丽的画景。傣家竹楼隐隐约约，各种热带植物在楼前楼后生长，枝头果实累累，竹子长长弯弯，油棕树一簇一簇，仙人条随处可见，鸡鸭穿行觅食，小狗汪汪蹦跳……这时，才真正感受到美丽富饶的西双版纳名副其实。

在勐腊开往磨憨口岸的客车上，邻座是位探亲返回工作地点的福建籍年轻人，30多岁，在老挝一侧的旅馆工作已经十年。他说适应了当地的生活，

早先的边检站

更早一些时间的边检站

驶向老挝的车辆

回到福建反而不习惯了。

下午三点到达磨憨边防站，我以为边境证是过境"绿卡"，没想到被卡住了。值班的中尉对我说，根据规定临时边境证不能过境，如果我有护照可以过去。我说，我没带护照，如果我不进老挝，只去看看界碑可以吗？磨憨口岸离中老界碑还有几千米远。

那个福建人手续齐全，过境等了我半个小时，接他的车也来了，我没有办法，只好隔着隔离绳向他摆摆手，示意他先走吧。

我到了口岸，却连界碑都没有看到，有点不死心，就再次请求中尉，并出示了其他有效证件，请他转告检查站最高领导通融。最高领导来了，看了我的所有证件，也不敢擅自做主，便向更高一层领导电话请示，半个小时后他抱歉地对我说：我很同情你，但不能放你过去。不过，他出了一个很好的主意：让我找隔壁的旅行部门办理参观界碑手续。

半小时后，旅行部门派出一辆专车和一位导游专程拉我一个人去了中老界碑。这天他们是休息日，接到领导电话，特地来为我服务的。知道了这个情况，我十分感谢他们。

我是一早从景洪出发的，景洪到勐

106

腊172公里，勐腊到磨憨60公里，到达磨憨已是下午3点，待交涉、参观结束已经快5点了。我立即赶回勐腊，庆幸的是，赶上了勐腊回景洪的最后一班车，回到景洪已经是晚上11点半了。

花了一天的时间，来回走了四百多公里，就是去看一块中老界碑，在界碑上摸了摸，和它合了一个影。你看，我的边境情结有多痴！

在界碑前留影

前后两块界碑都是1992年勘定的。第29号界碑

巍山：

留存在记忆中的"黑"

巍山原名蒙化，是南诏文化的发祥地，距大理50多公里。1994年，巍山古城被列为国家历史文化名城，值得游览的地方除古城外，还有大小寺和巍宝山。此文标题里有个"黑"字，"黑"字在汉语里有多种解释和象征意义，比如：黑色、消失、庄重、严肃……这里的"黑"是什么意思呢？

首先，"黑"指一个已经逝去的地方政权——南诏。

南诏是大理国之前的一个政权名称，也是以大理一带为中心活动区域的云南早期古代国家，是在"滇国"之后兴起的。

秦、汉之际，大理是从四川成都经云南大理、保山进入缅甸，再通往印度的必经之地。在以洱海为中心的高原湖泊群周围，白族、彝族等先民最早生活在这块美丽、富饶的土地上，他们种植水稻，驯养家畜，从事采集、渔

巍山古城

古城内景

猎等活动，创造了大理地区的远古文明。

西汉元封年间（公元前110～105年），汉王朝在大理地区设置了叶榆、云南、邪龙、比苏四县，属益州郡管辖，自此大理地区正式纳入汉王朝版图。东汉时期、蜀汉时期、晋朝、刘宋王朝、南齐时期、隋代、唐代早期，大理地区也都受当时朝廷管辖。

直到8世纪30年代，洱海地区"六诏"中的南诏，在唐朝的支持下，合六诏为一，统一了洱海地区，才建立了南诏国。南诏国的灭亡，是在唐昭宗天

土主庙正殿

南诏第一代王细奴逻

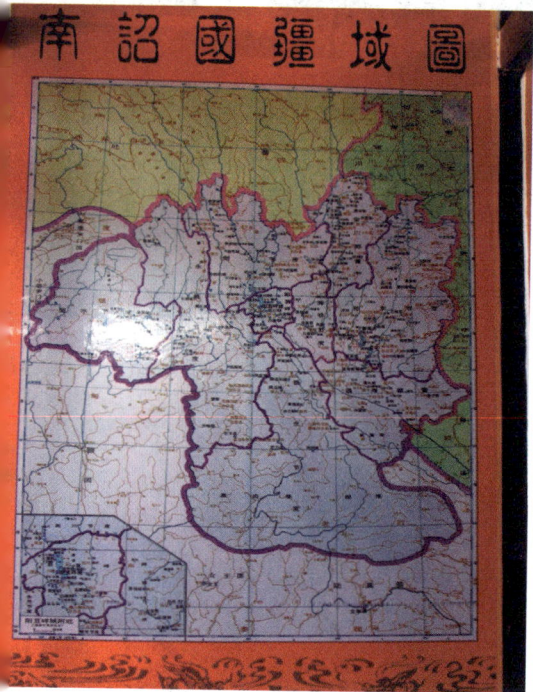

南诏国的版图

祭祀场地

复二年（902年），当时南诏权臣郑买嗣发动宫廷政变，建立了大长和国。

在唐蕃相争的特殊背景下，南诏一直是唐和吐蕃争夺的对象，在西南形成唐、南诏、吐蕃三者错综复杂的纷争局面，直至南诏覆灭。南诏统治时期，云南的社会经济长足进步，文化辉煌灿烂，影响至今。

其次，"黑"指一个崇尚黑色的主体民族——黑蛮。

南诏国（649～902年），是中国古代在西南地区的乌蛮联合白蛮建立的奴隶制的边疆民族政权，也是彝族史上最辉煌的一页。当时，彝族的先民很大一部分生活在大理的洱海周围及哀牢山、无量山北部地区。唐朝初年，在云南洱海地区，以乌蛮为主的部落中出现了六个比较大的部落联盟，史称"六诏"，"诏"的意思即王。其中，蒙舍诏（今云南巍山南部、南涧大部及弥渡西部）在其他五诏的南面，所以又被称为"南诏"。

据史料记载，唐朝贞观初年，南诏第一代王细奴逻和其父蒙舍龙牧耕于今巍山县巍宝山，由此发展崛起。至贞观二十三年（649年），细奴逻当上蒙舍诏诏主，建立大蒙国，自称奇嘉王。细奴逻制定了独奉唐朝为正朔的正确政治路线，不断加强与唐朝的联系。唐永徽四年（653年），唐王朝敕封细奴逻为巍州刺史。经细奴逻、逻盛、盛逻皮至皮逻阁四代王，南诏在巍山经营发展了九十余年，为统一六诏、建立宏图大业奠定了坚实的基础。唐开元二十六年（738年），皮逻阁在唐王朝的支持下，并六诏、逐河蛮，完成了统一洱海地区的大业，皮逻阁也因此被朝廷敕封为云南王。

至唐天复二年（902年）南诏灭亡止，南诏共传位13代，历经二百五十余年，几乎与唐王朝相始终。南诏最强盛时，其疆域包括今云南全省和四川、贵州、广西一部分，势力达越南、缅甸、老挝部分地区。南诏的崛起和发展，为加快西南边疆的开发、促进各民族团结进步等方面作出了历史性的贡献。

南诏第一代王细奴逻的老家，在距巍山县城十公里的巍宝山北麓，一个叫"前新村"的地方，当年为彝族聚居山寨，今天的南诏土主庙是巍宝山前新村彝族的祖庙。土主庙是唐开元二年（714年），唐朝皇帝唐玄宗接受南诏第三代诏主盛逻皮为其祖父——南诏国第一代王细奴逻——盖庙塑金身的请求，敕封细奴逻为巍宝山"巡山大土主"，南诏土主庙因此成为全国最早的彝族土主神庙，细奴逻以及其他十二代王也由此被奉为彝族的大土主。

我在南诏土主庙里看到这样一幅对联："问南诏五百里山河，寸土皆非，归来福地洞天，不忘昔日耕耘处；与李唐十三传终始，雄图何在，似此闲云野鹤，获遂当年崖穴心。"对联道出了南诏第一代王曾耕耘于巍宝山，统治时间与唐王朝相终始，并且传位13代的史实。从公元714年至今，当地彝族同胞把每年农历正月十四、十五、十六日定为祭祖日。每年在此期间，彝族群众均以自己特有的方式寻根祭祖，祭祀大土主细奴逻，这一活动延绵千年，至今从未间断，仍兴盛不衰。

再次，"黑"指一种曾经辉煌的文化形态——南诏文化。

南诏文化在中国文化史上占有特殊的地位，有其独有的民族特色。

南诏文化萌芽于秦汉，发达于唐宋，使云南形成了稳定的政治统一体，

南诏文化遗存

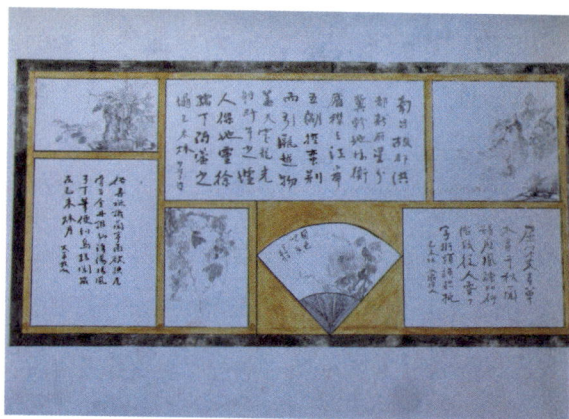

奠定了西南疆界，推动了经济文化的迅速发展。

如今当地政府在云南大理古城外西南一公里处建设了南诏文化城，这是南诏历史文化最具代表的人文景观再现。2002年，为顺应广大彝族同胞寻根祭祖的需求，巍山县维修扩建了巍宝山南诏土主庙；同时还为南诏十三代王铸造铜像，再现了南诏历史的昔日辉煌。

在南诏文化中，父子连名是一大特点。在云南的大理地区，以南诏王室的父子连名最为突出，如细奴逻—逻盛—盛逻皮—皮逻阁—阁逻凤—凤伽异—异牟寻—寻阁劝—劝龙晟、劝利晟（同为兄弟）、晟丰祐—祐隆—隆舜—舜化贞。与南诏同时期的另外五诏也存在连名制。这种父子连名制的情况在羌族分支的各部落民族中保存得也比较完整。

父子重名或连名制，是母系氏族社会向父权社会转变过程中的一个环节，在中原地区曾经有过很短暂的流行，随着父姓制的确立，父子连名制在中原地区已无踪影，但在西南少数民族中保存下来。直至明朝，这种父子连名制的习俗才在大理地区消失。此一命名制度渊源于氏族羌族的传统，有助于财产继承和政统维系。

南诏文化也是本土文化对外来文化兼收并蓄的结果。兼容性是南诏文化的鲜明特点之一。南诏文学受汉文化的影响颇重，散文、诗赋成就显著。南诏乐舞则受云南少数民族与东南亚影响较多，《南诏奉圣乐舞》与《骠国乐舞》是其代表。以《南诏图传》作为代表的绘画艺术，以剑川石窟作为代表的雕塑艺术，都具有极高的艺术价值，受到人们的普遍赞誉。各式佛教造像与日用工艺亦有较高的艺术水准。南诏时期兴建的寺塔，许多已经成为中国寺塔艺术不可或缺的部分。

南诏的宗教在建国以前普遍信仰原始崇拜，尤以鬼教较为盛行。历代诏王多推崇佛教，晚期特别兴盛，兴建了不少佛寺与佛塔。家家户户都以敬佛为其首务。南诏佛教以阿吒力教为主，后期每以阿吒力僧为国师，反映出阿吒力教的影响力。除阿吒力教外，南诏也有禅宗等派流传，但多限于王室贵族之中。南诏兼奉道教，劝丰祐时曾一度加以禁废。此外，南诏还信奉一些

巍宝山大门

别的宗教。

最后，"黑"指在同一个源流地巍宝山上的道教。

巍宝山距巍山古城10公里，既是南诏始祖细奴逻的牧耕之地，也是全国道教名山之一，还是彝族同胞寻根祭祖的圣地和南诏文化的源流地。

道教的标志是黑白两色的太极图，道士的衣饰也是以黑白色为主。巍宝山集道教文化、历史文化和人文景观为一体，充分体现出人与自然的和谐统一。巍宝山以南诏发祥地而闻名，因道教名山而著称。至今，道家的影响在

巍宝山道教遗存

巍宝山

附近民族中仍然极为深远。

我在巍宝山长春洞游览时，遇到一位教徒。他刚25岁，来自洱源县。他告诉我，他对道教情有独钟，每年都要来道观住上一周，和这里大学毕业的住持成了好朋友。我还看到一些外国人也跑到道观里来汲取中国文化的营养。

现在大家明白文章里说的"黑"是什么意思了吧？

是一段古老的历史，是一个民族的辉煌，是南诏文化和道文化的源远流长。

信道的年轻人

人们自发来道观礼拜

跑到道观里汲取中国文化营养的外国人

115

梅里雪山：

雪崩后的朝圣

当我和上海来的吴骏、吴梅芬夫妇，经过6个小时的颠簸，到达云南梅里风景区西当温泉的一家小旅馆时，已经是下午3点多了。一路高原风光，藏区风情，天高地阔，甚是壮观。这里山高水长，空气清新，植被良好，只是天空中云彩多了一点，梅里雪山和白马雪山都被厚厚的云彩遮住了。在去西当温泉的214国道上，老天突然开了眼，梅里雪山的主峰卡瓦格博露出了英俊面容，我们一阵抢拍。

梅里雪山主峰卡瓦格博

在西当温泉，有好几辆警用吉普越野车停在小旅馆的门口，很是扎眼；又看到有人扛着标有某电视台字样的摄像机不停地走动。一打听，原来这里前些天发生了雪崩，两名旅行者遇难，电视台正在找有关人员拍摄"讲述"故事。

雪崩的发生地在雨崩，是第二天徒步要去的地方，听到两个旅行者遇难的消息，心头不免蒙上了一层阴影，会不会还发生那样不幸的事件？吴梅芬是中学教员，性格开朗，说不会那么巧，还向我讲了她的名字的来历：她父亲小时候得了急性脑膜炎，一位女军医救活了他，于是在自己女儿出生时，他给女儿取了和女军医相同的名字——梅芬，以示纪念。

西当温泉旅馆是藏式结构的木屋，两层，后窗外有一个山泉，空气很清新。住房10米开外是一排温泉浴室，里面引入了高山地热水，住店者可以免费洗浴。我们都洗了温泉澡，第二天要攀山越岭，早早躺下休息了。

第二天天还没有亮，老板娘就备好了早餐。吃饭的时候得知还有三个人和我们同行，他们是一家藏人，年

格桑泽仁一家

挂在圣树上的首饰

世外桃源

当地老乡

轻的夫妇带着6岁的女儿，第六次来梅里雪山，非常熟悉道路，我们不用担心迷路了。

这对藏族夫妇是教师。格桑泽仁在德钦县羊拉乡茂顶完小工作，是负责人。妻子桑追也在同校工作。他们的女儿叫格桑卓玛，爸爸妈妈就是她的老师。格桑家都通晓汉语，大家交流没有障碍，而且很谈得来。特别是吴梅芬，和格桑夫妇有更多的职业语言，他们商议建立起校际关系，促进两地的孩子多多交流。

格桑老师一家爬山很快，我紧紧跟在后面。吴骏夫妇刚刚徒步穿越了虎

把带来的经幡绑在树梢上

燃起松枝，把五谷杂粮投入火中，企望丰收

全家在祈祷健康，平安，幸福

这是梅里雪山十三峰之一，相传是主峰的妻子

跳峡，体力透支很大，只好跟在后面。不过，我们经常回头照应他们，他们也很有毅力，一步一步跟了上来，始终没有落下。

路上，我和格桑老师就藏族文化做了深入的交流。

我谈了一路出来的情况，讲了在四川藏区、云南藏区旅行后对藏民族、藏文化的一些感触，包括心中的疑惑。

格桑卓玛非常可爱，我问格桑老师："格桑泽仁是名字还是姓？"

"是名字。我们藏族人没有姓，只有名字，名字一般都是喇嘛起的，或是父母或有文化的人起的。我们没有强烈的家族观念，没有传宗接代观念，男孩女孩都是宝贝，都一样得到疼爱。"

格桑告诉我：藏族家庭的父母老了一般都是跟着老大过的，下面的弟妹结婚后可以分出去，但一般都保持着大家庭的生活，彼此不是很计较。在家庭中，男子做主的时候多一些，女子即便是招赘一般也听从丈夫的，这不是重男轻女，而是角色的分配。许多家务活主要由女子承担，比如放牧、挤奶、做饭等。

中午1点，大约行走5个小时后我们到达了雨崩村。这是一个美丽神奇的地方，行走其间，让人有旷世桃源之感。村子在梅里雪山的南面，四面群山

下雨崩

神瀑就在眼前了

神瀑附近的寺庙

朝圣路上，格桑老师搭起下一世要居住的房子。他告诉我，我的也在里面

簇拥，全村只有20多户人家，仅通过一条驿道与外界相通。雨崩村有上下村之分，上村可以通往攀登卡瓦格博的中日联合登山大本营，而下村通往雨崩神瀑，沿途可以看到古篆天书、五树同根等奇景。

用过午餐，接着向8公里外的神瀑进发。

格桑告诉我，梅里雪山周边海拔在6 000米以上的山峰有13座，统称为"太子十三峰"。主峰卡瓦格博是云南第一高峰，为藏传佛教宁玛派分支伽居巴的保护神，居"藏区八大神山之首"，它统领另外七大神山，225座中神山，以及各小山神，维护自然的和谐与宁静。

卡格博峰是藏传佛教的朝觐圣地，每年的秋末冬初，会有成百上千藏民牵羊扶拐，口念佛经，绕山焚香朝拜。梅里雪山属羊，若逢藏历羊年，转经者更是增至百十倍。据说，这项活动始于藏传佛教主要派系噶举派第二代转世活佛噶玛·拔希（1204～1283年），从那时到现在转经活动至少已持续七百多年了。我们一路走来，那条几百年来至少有数百万人次走过的转经路，仍处于原始状态。

在雨崩瀑布附近，看到了相传是藏传佛教黄教噶玛派第一代活佛留下的"脚印"。

雨崩神瀑，是卡瓦格博峰南侧一道从千米悬崖倾泻而下的瀑布，在夏季尤为神奇壮观。其为冰雪融水，色纯气清，在阳光照射下，蒸腾若云雾，水雾又将阳光折射为彩虹。我脱下外衣学着格桑在瀑水中奔跑了一圈，浑身透湿。我非常的兴奋，因为雨崩瀑布在朝山者心中是神圣的，淋洒在身上，就像甘露求得

朝圣路上。这条路已经走了上千年

相传藏传佛教黄教噶玛派第一代活佛留下的"脚印"

我跟在格桑老师后面在神瀑下跑了一圈，感觉心灵得到了一次净化

了吉祥。

　　我想：这里的高山湖泊、茂密森林、奇花异木和各种野生动物，也是雪域特有的自然之宝。藏人在这里几乎都是敛声静气的，他们不愿触怒神灵，他们一直抱着虔诚的心态来朝圣，为的是保护自然，保护山林，保护他们心中的佛境。

主峰再次露出峥嵘

123

回来的路上，我们在溪边搭起了"佛塔"，这也是朝圣要做的一项功课

2007年3月10日我从北京出发，一路旅行了四川、重庆、贵州、广西、海南、云南，到达西藏拉萨的时候，已经是7月中旬，屈指算来行程二万五千里。在拉萨，我要把从北京带出的一封信送到主人的手里。

信是同事郝永江写给他资助的藏族小朋友达瓦扎西的，我要把这封信当面交给信的主人或者主人的老师。

郝永江资助藏族小朋友达瓦扎西这件事，是我不经意间发现的。

一天，他给我看一张小朋友的照片，问这个孩子怎么样。

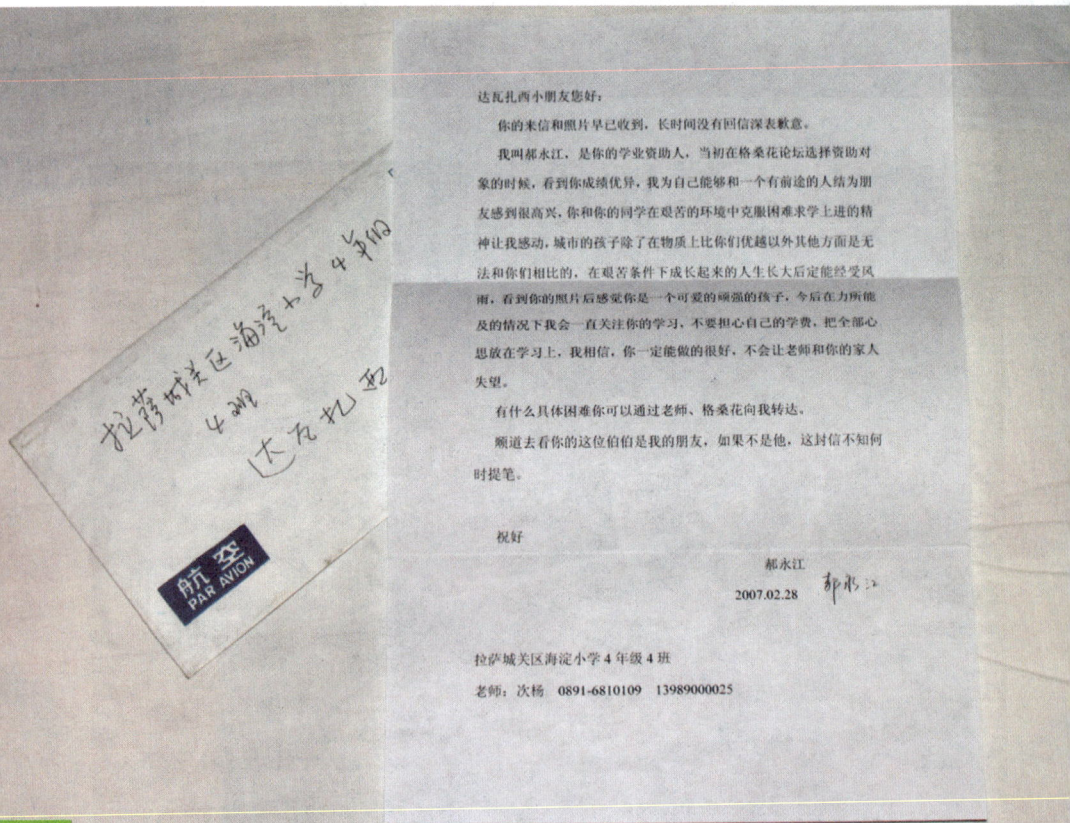

达瓦扎西小朋友您好：

你的来信和照片早已收到，长时间没有回信深表歉意。

我叫郝永江，是你的学业资助人，当初在格桑花论坛选择资助对象的时候，看到你成绩优异，我为自己能够和一个有前途的人结为朋友感到很高兴，你和你的同学在艰苦的环境中克服困难求学上进的精神让我感动，城市的孩子除了在物质上比你们优越以外其他方面是无法和你们相比的，在艰苦条件下成长起来的人生长大后定能经受风雨，看到你的照片后感觉你是一个可爱的顽强的孩子，今后在力所能及的情况下我会一直关注你的学习，不要担心自己的学费，把全部心思放在学习上，我相信，你一定能做的很好，不会让老师和你的家人失望。

有什么具体困难你可以通过老师、格桑花向我转达。

顺道去看你的这位伯伯是我的朋友，如果不是他，这封信不知何时提笔。

祝好

郝永江

2007.02.28

拉萨城关区海淀小学4年级4班

老师：次杨　0891-6810109　13989000025

跟我四个月、走了二万五千里路、送达拉萨的一封信

布达拉宫

　　"很可爱。"我端详照片说，"你从哪儿弄来的？"

　　永江嘿嘿一笑："这孩子10岁，和我的孩子一样大。"

　　"这是藏族孩子，你怎么知道他10岁？"在我的一再提问下，永江说出了实情。

　　原来，通过一个救助贫困地区失学孩子的志愿者网站——"格桑花"，永江了解到这个孩子因家庭经济困难马上面临辍学的情况，于是资助了这个孩子。这个孩子后来给他写来一封亲笔信。永江把信给我看了。孩子的中文写得很好，字虽稚嫩，但很朴实，把自己的学习成绩作了汇报，还把家里的情况说了说。

　　"这孩子知道你是谁吗？"

　　"不知道。我要求'格桑花'不告诉孩子我的姓名，也不直接和我联系。"永江回答说。

"你回信了吗？"

"没有。"

"这样吧，我要去西藏旅行，你写一封信，我带给他。我很想见见这个达瓦扎西。"

临出发前，在我一再催促下，永江才写了回信。信是打印的。我说："为什么不亲笔写？"

"我只是做了自己该做的事情，不想留下任何痕迹。"永江淡淡地说，他甚至连信封都没有准备，只是把打印好的一张Ａ4纸交给了我。

"信尾的签名应该是亲笔的，不然我就有假冒的嫌疑。"我要求道。

永江签了名，我找来一个早期的航空信封把信装在里面。信封上面的字，是我在拉萨去海淀小学前补上去的。

到拉萨当晚我就给小朋友的老师次杨打电话，不知什么原因，次杨的手机不通。问周边的人，他们说"海淀小学"应该在拉萨的西面，靠近罗布林卡。我打114，给的学校电话也没有人接听，或许夜间学校办公室没有人吧。

达瓦扎西小朋友

我很好奇达瓦扎西的学校为什么叫"海淀小学"，海淀是北京市的一个区名，难道拉萨也有海淀？后来得知，海淀小学是北京市海淀区人民援助建设的一所学校。

第二天是周五，这封信要尽快送出，不然周六、周日学校就没有人了。布达拉宫是控制游人数量的，每天只发售几百张散客票，必须提前一天排队订票，买黑市票要400元一张。第二天清早，我先去布达拉宫东门排队，大约12时30分预定票落实后，我怀着一丝希望匆匆找到了海淀小学。

学校是个很现代化的建筑，临近大街。可校园里冷冷清清，没有老师，也没有学生。传达室的同志告诉我说，现在放暑假，没有孩子来上课。这时我才意识到，自己出来小半年了，居然忘记了学校放寒暑假的事，时间过得真快啊。我问次杨老师在不在，他说，今天有位老师结婚，大家都去参加婚礼了。

听了这话，我心里顿时凉透了。

海淀小学大门

校园

知道吗？为送这封信我付出了多少的努力！怕信折了，夹在大地图册书中；怕信淋湿了，外面套了塑料袋；怕信丢失，放在眼睛可及的双肩包内……4个多月，它跟着我走了二万五千里路，终于来到了拉萨，然而却见不到孩子和老师，让我怎能不伤心、不遗憾呢？信送不到，看看校园可以吗？值班员被我说动了，让我进了校园。

校园和内地的同类学校差不多大小，布局很合理，也很漂亮，我为达瓦扎西能在这样的学校读书感到高兴。就在折回的时候，从教学楼里走出一位年轻女老师，我赶忙上前向她打听次杨老师在哪里。

她一愣："我就是次杨。您有什么事情吗？"

一听说她就是次杨，我激动得都快流泪了。万里送信，找的就是她啊。刚才听说学校放假，老师学生都不在，我几乎绝望了。告诉了她事情的来龙去脉，她也很感动。

她说："像达瓦扎西这样受到内地资助的孩子，班上有好几个。每次得到资助，藏族孩子都会受到感动，都能体会到民族大家庭团结的友爱和力量。"

她还告诉我，达瓦扎西家里有兄妹三个，父母是拉萨郊区的居民，身体不好，没有多少收入。藏族孩子要辍学的消息被人得知后，很多人都来帮助。从2007年春季起，政府已经承担了藏民孩子上学的学费。

听到这个消息我非常高兴，问次杨老师回去该对郝永江怎么说。

次杨老师说，学校离开学还有一段日子，达瓦扎西家住的也稍远，不然就带你去看他了。不过，我一定会把这封信带给他。今天也巧，一会儿去参加同事的婚礼，因为有点事情先来学校，不想我们遇上了，真是上天的安排。请转告郝永江，达瓦学习很努力，在班上是个好学生，请他放心。

我告诉次杨老师，郝永江也有一个和达瓦同龄的孩子，他的生活并不富裕，也做过老师，因为懂得读书关系到孩子一辈子的前途和命运，他才毫不犹豫地伸出了友爱之手。他做的这件好事，一直都对身边的人保密，甚至他自己的家人也不知道。

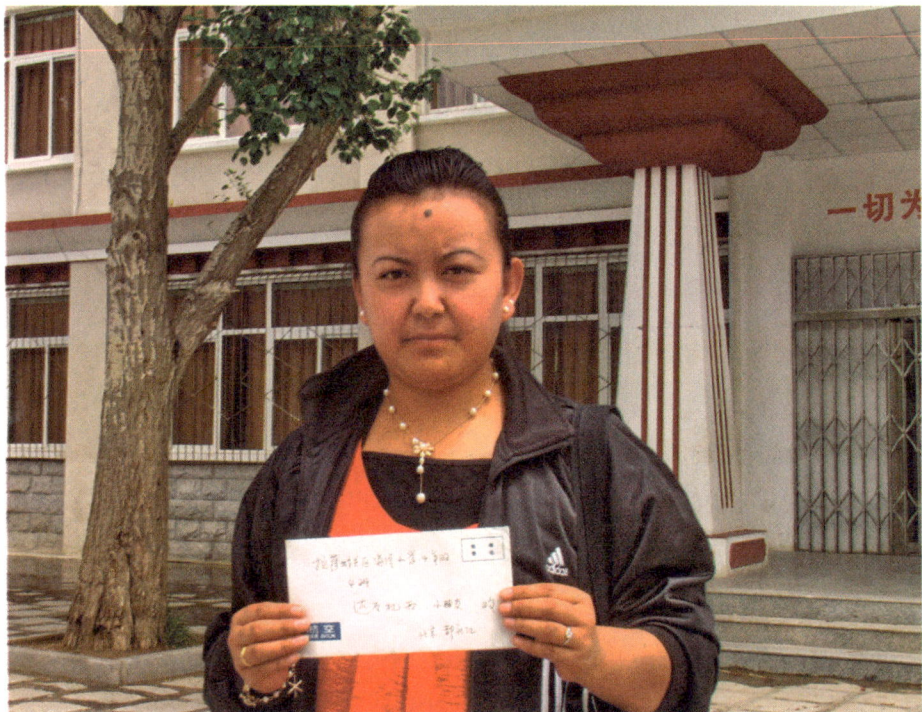

次杨老师从我手中接过那封信

永江写给达瓦扎西的信内容如下。

达瓦扎西小朋友你好：

你的来信和照片早已收到，长时间没有回信深表歉意。

我叫郝永江，是你的学业资助人，当初在格桑花论坛选择资助对象的时候，看到你成绩优异，我为自己能够和一个有前途的人结为朋友感到很高兴，你和你的同学在艰苦的环境中克服困难求学上进的精神让我感动，城市的孩子除了在物质上比你们优越以外其他方面是无法和你们相比的，在艰苦条件下成长起来的人长大后定能经受风雨，看到你的照片后感觉你是一个可爱的顽强的孩子，今后在力所能及的情况下我会一直关注你的学习，不要担心自己的学费，把全部心思放在学习上，我相信，你一定能做得很好，不会让老师和你的家人失望。

有什么具体困难你可以通过老师或格桑花向我转达。

顺道去看你的这位伯伯是我的朋友，如果不是他，这封信不知何时提笔。

祝好。

郝永江（签字）

2007.02.28

终于把郝永江的信送到主人手里了，我是多么的高兴啊。我带来的信，是一颗心，一颗挂记藏族小朋友成长的心。

马泉河：

藏DB1749

藏DB1749，是我们从日喀则去阿里乘坐的长途汽车牌号。车票售出的时候售票员说，8月6日上午9时发车，但到了下午13：18才启动。车上坐得满满的，大多是当地的藏汉居民，也有几位与我和同行的驴友。阿里是世界上海拔最高的地区，平均在5 000米以上，被称为"世界屋脊的屋脊"。车子启动的一刹那，真有些激动。这段路程很长，至少1600公里，正常要走两天一夜，如果遇到麻烦，就说不清楚该走多长时间了，反正我们走了4天才到达目的地，经历了许多没有想到的事情。

车出日喀则至拉孜一段，道路还不错，都是柏油马路。过了拉孜就是土路了。再经昂仁、桑桑镇，大约半夜颠簸到了萨嘎。虽说是夏季，但夜晚的西藏还是很冷的，车上备有棉被，全车人买的都是坐票，卷缩在被子里等候边境检查。

我们搭乘的长途汽车

车上有两位藏族妇女没有边境证，车子被扣住了。这两位妇女被叫下车，车子一直停到5点也没有发动。其中一位没证妇女是与我同车在阿里地区的一位公务员的妻子，她去日喀则的时候没有办理边境证，没想到回阿里时被萨嘎检查站挡住了。另一个妇女是深山来的乡下人，不会讲汉语，开了一张村里的证明，按照规定要

一路风光

乡里的证明才有效。西藏不比内地，他们跑一趟乡要走几百里路，交通非常不便，这个妇女也没有规定证件。

不能因为个别人没有边境证影响全车人去阿里，车子已经停了5个小时，有证的开始对两个没证的有意见起来。厦门大学的一位美术教授买好了拉萨回厦门的飞机票，紧接着还要去美国做访问学者，去阿里的时间有限耽误不起，说话直了一些，埋怨那个藏族公务员不该不懂。藏族公务员被说得火起来，孩子们也哭叫起来，我赶忙站出来劝架。

我拉着公务员下车找到边检站，问明了情况，并征求了他的处理意见。公务员说，现在半夜没有办法联系人，只能等上班以后联系。我转身上车和

我的邻座，山西太原人，70岁了，酷爱旅游，一生未婚，他拿着一幅办公室里挂的大地图，基本走遍了中国

全车人商量，出于同情，大家答应等到第二天上午10点，如果这个时间还落实不了，只能请没有证件的人下车了。这位藏族公务员认为我很通情达理，握着我的手表示感谢。

我又去找检查站的值班人员，请出最高领导，向他出示了我的身份证件，希望他们能在不违反政策和规定的情况下放行这些人。领导说，只能按规章办事，但考虑寒冷和吃饭问题，允许车开进萨嘎县城，10点后再来办理那两个妇女的边境手续。

这是唯一的解决办法。我们的车子为方便他们办证，直接开到了县委县政府门口，车上的人去吃早餐。10点，藏族公务员解决了妻子的通行证问题，而那个农妇没有能解决，她还带着一个七八岁的孩子。农妇哭起来，孩子也哭了起来。我通过藏族公务员做那个妇女的工作，把她的行李取下了车。农妇很伤心，可我们也没有办法，为了他们我们已经等候了10个小时了。

车子放行了，我们停在两里路外的一家修理店修车，那个下车的妇女很快追上来了，她和孩子再次上车，大家很惊奇也很高兴，因为谁都不愿意看到她被丢下。那位藏族公务员还向全车道歉之前情绪过于急躁了。经过这么一折腾，全车人反而都熟悉起来，关系变得融洽了。

下午6时到达仲巴县的帕羊镇，上来一个在这里做生意、家乡在阿坝地区的藏族人，他叫桑培，是去神山转山的。车上人多，没有座位，桑培临时在

一路风光

　　一个叫"左龙"的小伙子的位子上坐了一会儿，左龙说话态度不太温和，激怒了桑培，两个人缠打起来，还拿起了金属与木棍，在大家的相劝下他们才平息下来。

　　天渐渐黑下来。车过马泉河检查站20公里处，轮胎扎了，驾驶员换胎后，车子启动不起来，再次检查发现整流器烧坏了，车上没有备件，这下子惨了，只能在荒山野地里坐等天亮。当时正值半夜，车子坏在风口里，大家下车一步一步蹭退到背风低洼处等待。

仲巴老县城寺庙附近遇到的藏族姑娘

这里没有任何通信信号，即使有经过的车辆，也没有带着备用整流器的，为了能尽快脱离险境，车老板邹斯领着乘客左龙连夜步行赶回马泉河求救。

高原之夜真的很寒冷，风在窗外呼呼地吹，我抖索着把被子紧紧裹在身上。大约凌晨6点时，肚子咕噜咕噜响起来，便下车去方便。我不敢走得很远，就蹲在路边的沟里，远处、近处都是黑呼呼的，风一阵紧似一阵地刮着，屁股被吹得就像冰冻住一般。远处像有白的东西，说不清是什么，再看近处，似乎有绿色的点点在闪动，听说狼的眼睛在黑夜中是发绿光的，我不禁有点恐惧起来。

方便完赶快上了车。这时有人也要下去解手，我忙关照：小心有狼。这句话一说不要紧，吓得那人不敢下去了，车上没有睡熟的人也惊醒了，最后有方便要求的结伴下车才了事。

坐等到天亮，发现那白色物体原来是藏民的帐篷，离我们200米远。清晨，帐篷里的藏族老汉发现了我们，来敲我们的车门，才得知车子坏了一夜，赶忙请我们去帐篷里喝酥油茶。老汉不会汉语，附近的藏民也不会汉语，车上有懂汉语的藏胞，他们充当了翻译，于是我们同藏民有了直接交流的机会。

我们做梦也没有想到8月8日，在灿烂的阳光下，一车人聚在藏民的帐篷里喝茶、吃东西，还在草原上唱起了歌，跳起了舞，拉起了家常。我更是抱着相机忙起了采风。

中午12时，一辆车子开过来了，是老板邹斯派人送来了食品和饮料，他找到武警部队请求支援。下午6时，就在不知道事态如何发展的时候，武警部队开来了一辆大型土石装卸车，把我们接到了马泉河兵站。吃了热滚滚的面条，在招待所住了一

在藏人帐篷里

大家对藏族姑娘的装饰物非常有兴趣

帐篷与草地

高原姑娘

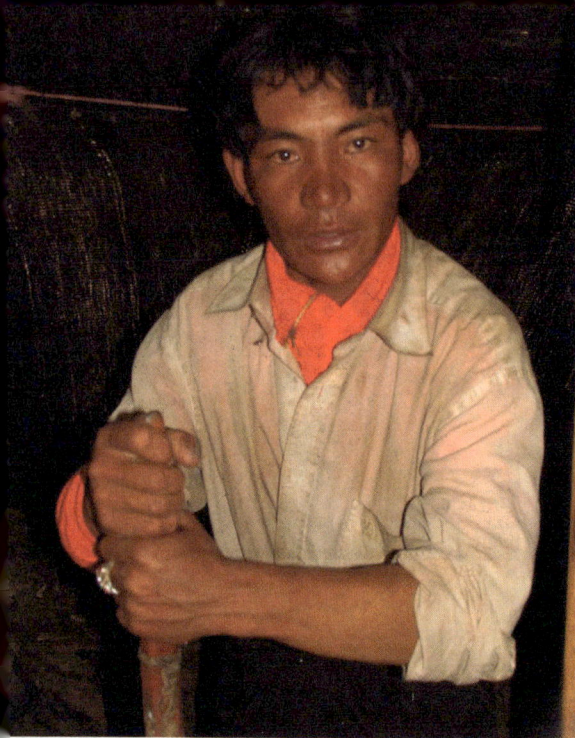

孩子

打酥油茶

天真

夜。两夜没有躺下睡觉了，这一夜睡得真好，真香！

在兵站，我们见到了老板邹斯和左龙，问他们一路是怎么走到的。

邹斯说："走了40里路，遇到了狼，我们拼命地跑，左龙跑丢了一只鞋子，到了兵站才换上武警的胶鞋。"

左龙面色不是很好看，心有余悸："两只狼跟了十几里路，吓得我们一直在跑。"

"真辛苦你们了，想不到为我们吃了这么多苦。早上我去方便也发现有绿色晃动的东西，就怀疑有狼，果真如此啊。"我同情道。

8月9日上午10点，邹斯派来的另外一辆车到了，他让我们要去神山的先走。

大家分手告别了，经历了这场风险的我们，无论汉民还是藏民，都是

藏民拿来录音机放音乐，翩翩起舞

在拖斗车上

踏上新路

依依不舍的。我们挥着手，互道平安，互道再见。

大家都记住了从日喀则来时同坐的那辆车的车号：藏DB1749，大家都不会忘记那次充满变数与惊险、却温暖了心窝的民族团结与友爱之旅。

敢问路在何方

塔尔钦：

神山，向着天界的方向

TaErQin

直接坐车到神山冈仁波齐的有7个人，而准备转山的只有3个——我、驴友徐静和藏人桑培。下午14时车子到达神山，中途经过了圣湖玛旁雍错。神山与玛旁雍错相距50公里。神山对面100公里处的雪峰是纳木那尼，是喜马拉雅山脉第五高峰，阿里地区的第一高峰，两地之间十分平坦，可以相互看到，一览无遗。

传说，纳木那尼是冈仁波齐的第一任妻子，后来冈仁波齐爱上了玛旁雍错，纳木那尼十分伤心。回去的路上想起和冈仁波齐的爱情，她忍不住回望了一眼，回望处便变成了一座冰峰。我们下榻在神山脚下塔尔钦的"志愿者招待所"，南窗正对纳木那尼，望出去风光非常美丽。

桑培是藏人，他去熟人处投宿了，我们约好第二天一早一同转山。夜里下起了雨，真担心一直下就转不成山了。4点半我们起来了，6点时桑培、他

去普兰路上，在远离神山100公里处拍到的冈仁波齐雄姿，当时在飞跑的车子上

的老乡夫妇、徐静和我共5人在漆黑一片的小雨中开始了转山。

转山的起点和终点都在塔尔钦，全程50多公里，一般人两天或两天半完成，藏人体魄好，快的可以一天走完。桑培决定一天完成，我们有藏人做向导，也想试试。我们走过双脚白塔、天葬台等处，但漆黑中什么也没有看到。只是天亮时分才看到神山瀑布、洗头水等景点。10点时，我们路过第一座寺庙。

天还没有亮，转山就开始了

桑培的汉语很好，人也很热情，一路给我们讲转山的故事。

他告诉我们，冈仁波齐是世界公认的神山，海拔6 638米（另说海拔6 714米），是冈底斯山脉的主峰，是印度教、藏传佛教、西藏原生宗教苯教、古耆那教认定的世界的中心。人们对于冈仁波齐的崇拜，可上溯至公元前1 000年左右，每年都有来自印度、不丹、尼泊尔以及我国各大藏族聚居区的朝圣队伍，使得这里的神圣意味绵延了几千年。藏族人一生中至少要来这里转山一次。桑培的家乡在四川阿坝，他在西藏做生意，准备回家乡去了，走前特地来这里转山的。

大概午饭时间，我们跟着桑培进了

转山图片

139

转山途中图片

一家路边的藏人帐篷，这家人可以提供酥油茶。桑培老乡拿出自带的食品，全是煮好的牦牛肉，请我们尝尝，我们也拿出食品与他们一起分享。就在吃着的时候，进来一位年迈的藏人，他不由分说，抓起桑培老乡的牦牛肉就吃，吃得不够又从肉袋子里取，桑培他们根本没有介意。

我很惊奇："你们认识他？"

"不认识。"

"那为什么随便就可以吃他的东西？"

"我们藏人如果在吃东西，没有的可以向有的要。现在都在转山的路上，就更不计较了。"

　　桑培和这位藏人交谈后告诉我们：这位老人准备转100次山，现在是第90次了。我算了一下，每次两天计，已经快200天了，我真佩服这位老人礼拜的虔诚。桑培说，这样做的人，一定是发生了什么事情祈祷平安。在藏历的马年转神山，按照藏传佛教的说法，转一圈等于转了13圈，可以洗涤13世的罪孽，那个时间转山的人特别多。

　　这里有一个坡，走到这里很多人都会把自己的衣帽脱下一件献给雪山，象征已经脱胎换骨了。

　　冈仁波齐峰至今仍是一座无人征服的处女峰，或者说至今还没有人胆敢触犯这座"世界的中心"。为了表示尊敬，多数来神山的游客都会转山。桑培他们走得很快，我显然跟不上，为了不耽误他们的行程，请他们先走了。我决定慢慢走，还是分两天走完为好，不能强行去做自己不能做到的事情。

　　大约下午3时，我和徐静走到了冈仁波齐的背面，这时天突然开眼了，一直云雾缠绕的山峰露出了真面目。据说，能看到冈仁波齐山峰是很有福气的事情。冈仁波齐是座很奇怪的山峰，形状像手雷，也像仙桃。黑色的山岩有一道道很显眼的白色纹路，山顶终年覆盖着积雪，她并非这一地区最高的山峰，但只有她的峰顶能够在阳光照耀下闪耀着奇异的光芒，夺人眼目；而且，她独树一帜，与周围的山峰迥然不同，让人不得不对她充满宗教般的虔

要转100圈神山的人

走到下午，我们转到神山背面，神山
突然开眼，露出几分钟的面容

我们下榻的帐篷

诚与惊叹。

　　转山开始时还有路，大约走到下午5时，几乎就没有路了，全是乱石。高
山缺氧，走得非常吃力。我们连续翻越了几座垭口，记得最高的是卓吗拉山
口，有5 700米，走到这里下起了雨，风也很大，四周没有一个人，我很担心
天黑下来什么都看不到，那时就麻烦大了。

　　就在着急的时候，远远看到了山下有帐篷，这段距离至少还有七八里，
于是就朝着那个方向奔去。一小时后终于走到了那里。雨一直没有停，虽然
从时间上说还可以往前再走一段，但不知道前面有没有住宿的地方，为稳妥
起见，我们没有再前行，当晚便住在了这里。

　　我们是最早到的，随后的两三个小时来了许多藏人，拖儿带女，也是来
转山的。帐篷里没有床，只是铺着大篷布，每人一床褥子一床被子，没有洗

回望走过来的路

连绵不断的溪水

脸洗脚水，只提供开水。简单吃了自带的干粮后我就和衣而睡了。

第二天继续转山。天气很好，阳光灿烂，没有想到接下来的风景竟是这样美丽，完全如同仙境一般。路上前后路过三处有帐篷的地方，最后一处还住着一群欧洲来的游客，我们过去的时候他们正在拆帐篷，估计他们没有转山，是从塔尔钦另一侧走到这里来享受大自然的。

冈仁波齐周围共有5座寺庙。依次为年日寺、止拉浦寺、松楚寺（也称幻变寺）、江扎寺和赛龙寺，这五座寺庙都有不少脍炙人口的传说故事，并留存有丰富的雕刻、塑像、壁画等文物，如今都程度不同地毁坏了。

值得一提的是，路上有许多的玛尼石刻。这是在西藏到处可见的宗教石刻艺术，是将佛语、造像和图符雕刻在上面的石块。

转山的孩子

转山的藏人

终于走出来了

景色

143

有什么样的生活，就会有什么样的艺术表现。千姿百态的岩崖与石砾是天公对这片雪域高原最慷慨、最丰盈的馈赠。藏族先民磨石斧以狩猎，凿石锅以果腹，垒石屋以避寒，挂石坠以驱邪，维系着长久不衰的灵石崇拜的信仰情结。散见于西藏各地的玛尼石堆，便是这一古老信仰习俗流变的具体体现。

各种各样的玛尼石

下午4:30，我们终于回到了转山起点塔尔钦，这时的冈仁波齐峰也露出了脸庞，神圣冰雪覆盖的山顶离我们是那么的近，我们总算了却了拜访神山的心愿。

扎达：

用一种怀想去穿行

你要了解西藏的历史，就不能不去阿里；你要了解藏族的宗教，就不能不到扎达。扎达是阿里地区的一个县。我们离开普兰后，经过9个小时的颠簸到达阿里。

扎达土林

阿里是个地区级城市，不大，市内没有公交汽车，出门只有出租车可乘，或者步行。面积不大，走几个小时可以跑遍城内各个角落。这里最高的建筑五层，一般都是三四层，平房很多，建筑很新，基本是近几年建设的。

阿里去扎达300公里，汽车站车票260元，相当于大城市里坐出租车的价钱了。贵就贵点吧，反正是我在西藏的最后一站了。没想到8月14日发车那天，因只有3位旅客，老板要赔本，车次被取消了。在西藏就是这样，去一个地方往往要几天才能赶上一班车。从车站往回走的路上，碰上了两辆拉水泥去扎达的货车。我与货车车主谈妥了价钱，交了订金，准备搭乘货车，没有想到去的一路上变数很多。

原定车子上午8点走，为了等人，第二天（8月15日）凌晨两点才开动。15日早5点，一辆车子出现了故障，修了两个小时。两辆车都是加长型，过窄小路段的时候就有麻烦，只能慢慢地开，在走一个小山凹时，轮子陷进了烂泥里，堵了后面十几辆小车的路，驾驶员不得不下来垫土铺路才得以通过，这样耽误了很多时间。

驾驶员是青海过来的撒拉族人，一直在新藏线上拉运输活儿，扎达他们是第一次去，我们也没有经验，搭这种货车是一个错误。下午5时，我乘坐的那辆车子的电瓶电压低打不着火，坏在一座小桥上，堵住了后面开来的两辆丰田4500的路。

和小车里下来的人一聊，都是北京的，便彼此亲热起来。他们对我独行中国的旅行很感兴趣，他们的车从河中穿越过去后，我提出搭他们的车走，顺便赶到前面去通知另一辆车上的人来帮助修理。他们车上还有空位，就答应了。

这是避开倒霉旅程的一次机会，通知了前面的车主后，我又拉上徐静一起前行。亏得坐了这辆车，在翻越了冈底斯山余脉的阿伊拉山顶后，我们看到了造化神工、壮阔辉煌的自然奇观，那就是举世无双的扎达土林。我们被眼前的风景震撼得目瞪口呆。

扎达土林，位于阿里扎达县境内。它是远古大湖湖盆及大河河床经历了

扎达土林

千万年的地质变迁而形成的。土林方圆近几百平方公里，高低错落，形态各异，并有早期人类洞窟遗址。这些被流水侵蚀而形成的特殊地貌，在高原迷幻光影的衬托下，有的形似勇士驻守山头，有的形似万马咆哮奔腾，还有的形似虔诚教徒静坐修行……一排排，一列列，无边无际，惟妙惟肖，宛若神话世界。

再远处，扎达县城掩映在土林之中。象泉河两岸也被土林环绕，曲曲

土林中的建筑群就是扎达县城

托林寺与古格王朝是同一个时期建造的

折折，蜿蜒数十里。汽车行进其间，就像是绕着众多巨人的脚掌打圈。我们进入时正值傍晚，太阳照在土林上一面金黄，而阴影一片漆黑，这里罕无人迹，就像来到了魔鬼城。

扎达，藏语意为"下游有草的地方"，地处西藏阿里最西部，面积2.4万平方公里，平均海拔4 000米，总人口不到1万。阿里地区的第二条大河象泉河横穿县城，流入印度。境内著名的古格王朝遗址是全国重点文物保护单位，是除了土林最大的名胜。

古格王国遗址在县城西面18公里处，到达的第二天一早，我和徐静步行前往。遗址在扎达县扎布让区象泉河畔的一座土山上，总面积约为72万平方米，调查登记房屋遗迹445间，窑洞879孔，碉堡58座，暗道4条，各类佛塔28座，洞葬1处。发现武器库1座，石锅库1座，大小粮仓11座，供佛洞窟4座，壁葬1处，木棺土葬1处。整个遗址建筑分上、中、下三层，从上而下依次为王宫、寺庙和民居。外围建有城墙，四角设有碉楼。

这个遗址有三大看点：

首先是它的历史价值。

这座城堡是大约公元10世纪前半期，由吐蕃王朝末代赞普朗达玛的重孙吉德尼玛衮建立起来的。前后世袭了16位国王，不断扩建并达到全盛，最后湮灭于17世纪。它不仅是吐蕃世系的延续，而且使佛教在吐蕃瓦解后重新找到立足点，并由此逐渐达到全盛。

古格王国遗址

公元9世纪，强盛一时的吐蕃王朝统治中心在拉萨附近。公元823年，俗官郎达玛发动政变上台成为吐蕃末代赞普，郎达玛死后，他的两位王子及其王孙混战了半个世纪，结果次妃一派的王孙吉德尼玛衮战败后逃往阿里。阿里原有的地方势力布让土王扎西赞将女儿嫁给他，并立他为王。吉德尼玛衮在晚年将领域分封给三个儿子，长子贝吉衮占据芒域，后来发展成为拉达克王国；次子扎西衮占据布让，后来被并入古格；幼子德祖衮占据象雄，即古格王国，这位最年幼的王子成为古格王国的开国元首。

古格王国存在了七百年，是吐蕃王室

古格王国遗址

遗址文化遗存

后裔在吐蕃西部阿里地区建立的地方政权，其统治范围最盛时，以札达象泉河流域为统治中心，北抵日土，最北界达今克什米尔境内的斯诺乌山，南界印度，西邻拉达克（今印占克什米尔），最东一度达到冈底斯山麓。

其次是它的文化价值。

古格王国遗址从山麓到山顶高300多米，形成一座庞大的古建筑群。自从被考古学家发现后，挖掘出大量的造像、雕刻及壁画，这个神秘王朝留给今人的宝贵财富，不仅为研究西藏历史，而且为研究古代建筑和西藏宗教历史提供了重要的实物资料。

在这片备受摧残的土地上，唯有寺庙保存得最为完好。山腰中部的四座寺庙度母殿、红殿、白殿和轮回殿，都带有浓郁的西藏建筑风格。寺庙飞檐上雕饰的图案多为狮、象、马、孔雀等动物。这种雕饰布局与从冈底斯山脉分流的四条神水——狮泉河、象泉河、马泉河、孔雀河——刚好一致，难道

遗址文化遗存

和传说有一定关系？

古格雕塑多为金银佛教造像，其中"古格银眼"的雕像是其最高成就代表作。

遗存最为完整、数量最多的是壁画。古格壁画虽然沉睡了几个世纪，但依然光彩照人。这些壁画包括佛教故事、神话传说以及当时古格人的生产、生活场面等，内容十分丰富。透过这些绚丽斑斓的图画，人们不难窥视到昔日古格王朝的政治、经济活动以及文化风情，从中追寻古格兴盛与消亡的蛛丝马迹。这些壁画风格独特、气垫宏大，较全面地反映了当时社会生活的各个层面。所绘人物用笔简练，性格突出，充满动感，表现风格上带有明显的克什米尔艺术痕迹。

古格盛产黄金、白银，一种用金银汁书写的经书，充分体现了当时皇室生活的奢华程度。

古城的围墙也是石刻艺术的宝库。城墙角的碉堡当年虽是作防御之用，却是战争与艺术融为一体的结晶。

最后是它的宗教价值。

古格王国的前身是象雄国的地盘。象雄乃古代青藏高原之大国，雍仲苯教之发祥地。苯教崇拜大自然诸神，这种文化现象被称为象雄文化，历史学家一致公认这是西藏的根基文化，是佛教传入西藏以前的先期文明。

据史料记载，早在公元2～3世纪时，今阿里地区扎达县、普兰县即为象雄国中心辖区。据《世界地理概况》载："在岗底斯山西面一天的路程之外，那里有詹巴南夸的修炼地——穹隆银城，这还是象雄国的都城。这片土地曾经为象雄十八国王统治。苯教文化史上著名的四贤泽栖巴梅就诞生在这里。这儿还有苯教后弘期的著名大师西饶坚参和其他贤哲们修练的岩洞。"象雄国曾在此中心地域筑有四大城堡：穹隆银城堡、普兰猛虎城堡、门香老鼠城堡和麻邦波磨城堡。

象雄人笃信苯教，重鬼神，喜卜巫，忌食野马肉。象雄盛世即十八代鹏甬王之时，也是雍仲苯教盛行之际，雍仲苯教文化源远流长，遍及青藏高

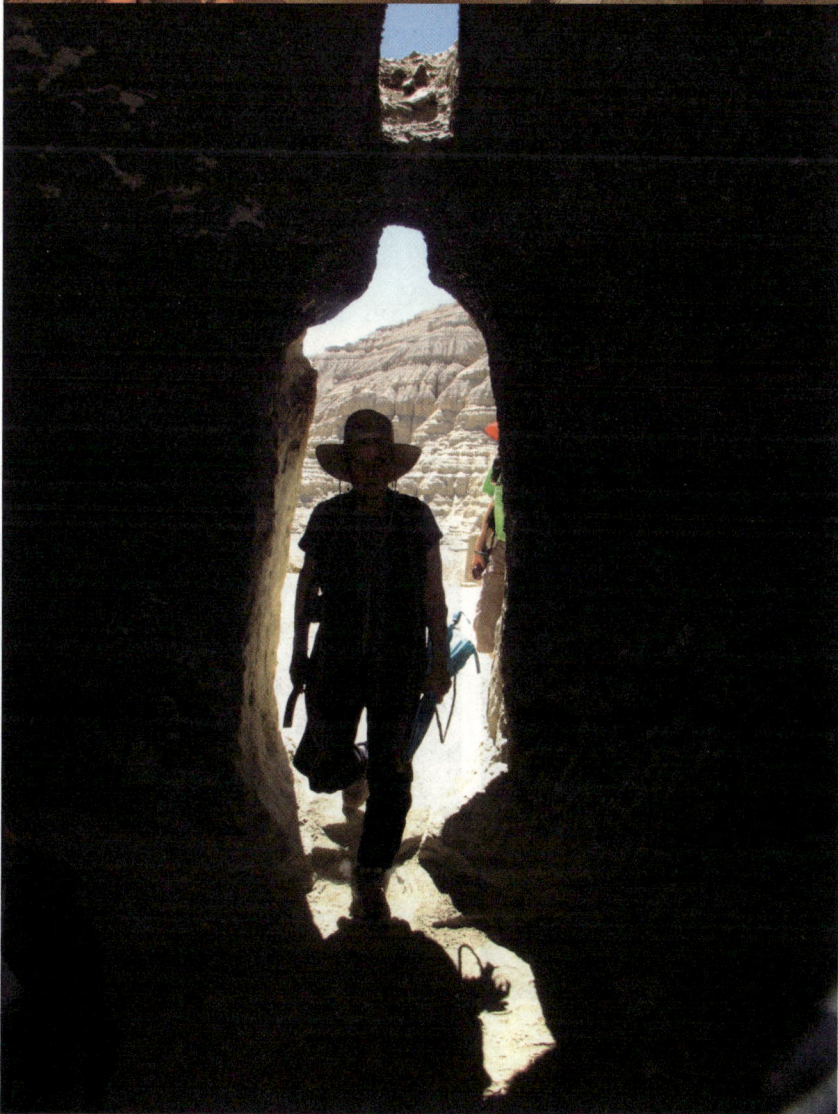

洞穴。当年藏人生活的地方

原，至今仍深深地影响着藏族人民的社会生活。

"阿里"，是藏语音译，意为"属地"、"领地"等。9世纪初叶，阿里一直是被称作"象雄"的。阿里古为藏族地区早期的"十三小邦"之一，即汉族史籍所称的"羊同"。羊同经过逐步发展，在约公元4～5世纪建立了象雄王国，鼎盛时将地域划分为内中外三部，内象雄大体为今阿里地区所辖范围。

阿里孕育了被当今世界称为"三大千古之谜"之一的古象雄文化。公元7世纪，象雄国王里义复迎娶吐蕃王赤松德赞的女儿色玛卡为妻，从而结成了象雄与吐蕃的联盟。公元10世纪中叶至17世纪初，古格王国雄踞西藏西部，吐蕃王朝的子孙从拉萨带来的佛教文化在吸纳了苯教文化的营养后，发展演绎成为藏传佛教，并由此遍及整个西藏，因此，古格王朝对佛教的传承和西藏化的伟大功绩是不可磨灭的。

然而，曾经有过七百年灿烂文明史的古格王朝，它的消逝至今仍是个谜。据说1630年，与古格同宗的西部邻族拉达克人发动了入侵战争，古格王国就此灭亡。

今天的古格故地，只有十几户人家守着一座空荡荡的城市废墟，而他们并不是古格后裔。当日十万之众的古格人如何消失得无影无踪？什么样的天

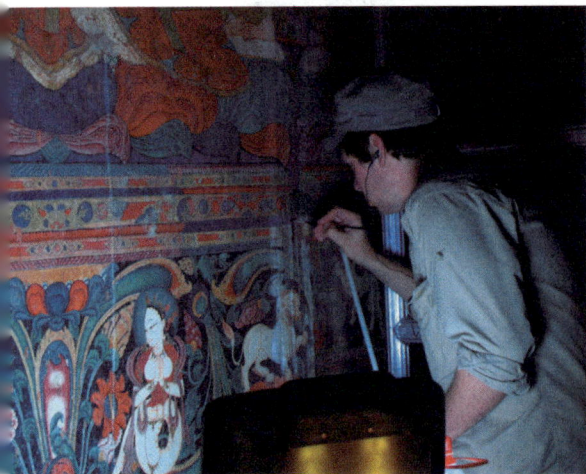

在托林寺抢救壁画的志愿者

托林寺的壁画

象泉河

玛尼石

灾或者瘟疫，使得繁荣富强的古格文明突然间消逝得无影无踪？有限的历史典籍，残缺又相互矛盾的记载，不仅没能揭开古格王国神秘的面纱，反而更增加了它的神秘感。

古老的古格，像是一座巨大的迷宫，将西藏西部众多的秘密深锁其中。

天梯山：

被认识只是一个时间问题

武威这个地名，最早我是通过其出土的青铜艺术品"马踏飞燕"得知的。大西部之旅，我将武威列入了重要一站。在哈密乘坐库尔勒开往西安的火车上，对座的小伙子听说我在行摄中国，问我知道不知道

天梯山图片

中国旅游标志出自哪个地方。我笑了，告诉他是武威。他非常高兴，说那里是他的家乡。

小伙子很热心，要我到了武威一定要去看看天梯山石窟，说那是中国石窟的鼻祖。这点我还真不知道，只知道中国四大石窟没有它。小伙子坚持说，你是旅行者，应该去看看，不然错过会后悔。就这样，我记住了天梯山。

天梯山和白塔寺是武威的两个著名景点，离武威市区很远，前者50多公里，后者25公里，不过它们在同一方向同一交通线上。10月6日，阴雨天，我上午先去了天梯山，下午返程路上访问了白塔寺。

天梯山石窟，也叫大佛寺，地处中路乡灯山村附近。坐乡间公交车在路口下来，朝着大山步行了五六里才走到。一路上只有我一个人，我也是第一个到达景区、最后一个离开的游客。后面的游客都是开着私家车来的，他们匆匆看了几眼就走了，而我参观得非常仔细，回程依旧步行。

通往天梯山石窟的路已经修成了柏油路，沿着山脚而上，平坦得很。山脚有个面积很大的水库，正值秋季，树叶黄了，田野在丰收，远处祁连山脉层峦叠嶂，山顶白皑皑的冰雪如云如练，使得黛青色的山体更显冷峻。水面倒映着天梯山的伟岸雄姿，天很阴，有时还飘落几滴雨水，但湖水像一块温润的青玉，给这片原本苍凉的天地增添了灵秀之气。

石窟所在的山形奇特，峰岩耸立，犹如一只巨大的金龟，匍匐于绿水之上。金龟驮佛国！难道这就是北凉国皇帝——武宣王沮渠蒙逊在此开窟造像的本意吗？1959年因兴建水库，天梯山石窟原来的出入口在50年前被淹没。1993年修复之后，出入口改为一条隧道，给人"一夫当关，万夫莫开"的感觉。

天梯山石窟是我国开凿最早的石窟之一，在我国佛教史上有着重要的地位，距今已有一千五百八十多年。如今的天梯山石窟仅存3层，大小洞窟17处。其中最大的洞窟高30米，宽19米，深6米。窟内有释迦牟尼大像1尊，高28米，宽10米，面水而立，右臂前伸，指向前方，巍然端坐。释迦两旁还有

赵管理员

文殊、普贤菩萨，广目、多闻天王、迦叶和阿难等6尊造像，神态威严。窟内南北两壁绘有大幅壁画。南壁上部为云纹青龙；中部为大象梅花鹿，大象背部驮有烟焰发光的经卷，下部是猛虎和树木花卉。北壁上部绘有青龙双虎，中部绘有白马、墨虎、菩提树，马背上经卷闪光；下部绘有牡丹花卉。整个壁画笔触清新，色泽艳丽，形象逼真。2001年6月25日，天梯山石窟作为北朝至唐时期文物，被国务院批准列入第五批全国重点文物保护单位名单。

参观石窟前，我先在博物馆听讲解，在那里和一位赵管理员发生了"摩擦"。博物馆有许多文物照片，我想拍摄下来做资料，老赵告诉我不允许拍，我把相机收了起来，因为本身是图片，拍不拍也就无所谓了。我听老赵的讲解非常生动，知识性很强，便征求他的意见问能否录音，结果被老赵谢绝了。

我有点纳闷，这个人怎么这么古板？这些文化知识多传播一些，对于

天梯山

天梯山的宣传不是很好吗？我经不住他讲解内容的精彩诱惑，准备轻轻按下录音按钮。一共就三个游客，我的动作被他发现了。他停止了讲解，板着脸说："告诉你不能录音，要录音我就不讲了，自己去看吧。"没有想到他这样固执，我不再录音了，静静地听他讲解。走出博物馆，我突然感到这是一个很有意思的人，决定撬开他的"秘密"。

"老赵，我是北京来的，正在行摄中国。天梯山应该做点宣传，为什么你不愿意让人家照相和录音？"我发问道。

"我是管理员。讲解是义务的。我的责任是打开门让你们自由参观，但为了让你们知道得更多，我才把这个非我责任的事情担当起来。我接待过很多朋友，可有些人动机不纯，把我收集的资料和研究成果暗暗剽窃了，甚至作为他们当地的非物质文化成果上报。我发现后，打了口水官司，再也不允许有人照相、录音了。"他回答说。

我听明白了他谢绝的缘由。他一副农民模样：带着一顶帽子，一袭黑色衣衫，脸孔黝黑，粗糙中透露出质朴。他解说时普通话很好，咬字清晰，用词准确，有丰富的知识和独到的见解，与之前所见到的讲解人员绝对不一样，应该属于"学者型"管理人员，他的内涵与他的"土气"外形，让人很难想象是同一个人。

"您在这里是什么编制？"

"我算这里的正式员工。过去是农民，也教过书。我酷爱中华文化，业余做了很多的研究。我是甘肃作家协会会员，也是武威文化的研究者。自1983年开始，发表了近百篇文学作品。2003年调到天梯山石窟工作，搜集的《凉州宝卷》被收入国家非物质文化保护目录。"

果然不出所料，他是一个"农民"文化人，我对他敬佩有加。他奋斗到今天，出了这么多的文化成果，真不是简单地说一句"不容易"就能倒出所有酸甜苦辣的。

我们走到天梯山的最大石窟前，在巨大的围堰保护之下，大佛窟稳坐湖边，大佛的手掌指向雪山与碧湖，除了这个大佛窟外，别的窟或坍塌，或被水淹没，剩下的小窟已无法走近，仅存的造像与壁画在当年修建水库时转移到了甘肃省博物馆。石窟损毁的严重程度实在令人叹息。崖壁上残破的壁画上，精美地描绘着白马驮着经卷、双鹿、麒麟与豹。

老赵介绍说：这尊最大的石窟造像，宏伟壮观，精美绝伦，姿态优雅，可与敦煌莫高窟媲美。大佛庄严肃穆，高30米，右手指向磨脐山，雍容典雅，有气吞烟霞、挥斥乾坤之势。据有关史料记载，此窟是公元412年至439年之间在天然洞穴的基础上创凿的，距今已有一千五百八十多年的历史。

天梯山石窟群是一处最早见于史册记载的，第一个由一国之君直接开凿的石窟，在中国石窟发展史和中国佛教史上一直处于领衔地位。她是由北凉王蒙逊倡导建造，由印度僧人昙无谶和弟子昙曜总监制作的。

石窟凿成后，西夏王母亲车氏病逝，窟中特为其母雕凿5米高石像一尊，形似泣涕之状表示忏悔。因历代的战乱，加上自然灾害频繁（主要是地震），石窟残损严重，特别是1927年的大地震，对天梯山石窟造成毁灭性

珍藏在甘肃省博物馆的天梯山雕塑

的破坏，九层贯楼和大部分洞窟顷刻间震毁，许多塑像受损，幸存比较完整的有8窟，大佛坐像安然无恙。石窟里面有北魏、隋、唐时期的汉藏文手写经卷，唐初绢画菩萨像，唐、五代、西夏（宋）、元、明、清各代塑像、壁画、经卷等。

佛教的兴盛是五凉时期凉州文化发展的一大特征。天梯山石窟虽地势险峻，但蕴藏丰富，此窟的开凿使西域高僧接踵而至，他们在凉州讲经说法，翻译佛经，使得天梯山石窟更具盛名。

天梯山石窟不仅是我国开凿最早的石窟之一，也是我国早期石窟艺术的代表。在开凿过程中培养了一批开凿石窟的能工巧匠和雕塑家、彩绘家。这些工匠在完成天梯山石窟之后，随着政治形势的变化和佛教中心的东移，他们东下平城（今山西大同）开始了新的开凿生活，成为开凿云冈石窟、龙门石窟的重要技术力量。

公元460~465年，迁往平城（大同）的北魏佛教领袖昙曜及其工匠们，完成了云冈石窟的代表作"昙曜五窟"的建造。再经历代开凿，云冈石窟成为中国最大的石窟群之一，雕造富丽，为全国石窟之冠。

太和十八年，北魏孝文帝迁都洛阳，他们又开凿了洛阳石窟，再历经东魏、西魏、北齐直至明清，营建了规模宏大的龙门石窟群。同时，还开凿了巩县石窟和附近的几座石窟。

龙门石窟的建造艺术风格，无不体现着天梯山石窟和云冈石窟的特点，具有强烈的南朝文化和中原传统汉文化色彩，又有浓厚的北方文化原素。在佛教文化和石窟寺艺术方面，北凉和北魏是源与流关系，即北凉为"源"，北魏及其之后为"流"。因此，天梯山石窟被称为石窟之鼻祖是当之无愧的。

"为什么天梯山的名声却在四大石窟之后呢？"我提出了疑问。

老赵回答说，这恐怕与人们忽略天梯山石窟的历史影响有关。如果单从年代上看，新疆的许多石窟都比敦煌石窟和中原石窟要早，但新疆石窟对中原石窟没有产生直接影响或影响甚微。莫高窟始创时间要比天梯山早一点，但莫高窟对中原石窟的影响并不大。相反，是中原石窟影响了莫高窟，因为莫高窟成熟于唐代。

现在一提石窟，必称莫高窟、云冈和龙门。但北魏时期的莫高窟并不有名，也没有对云冈、龙门产生直接影响，反而是凉州僧人及其天梯山石窟声名显著，对莫高窟和敦煌佛教的发展产生过一定影响。

莫高窟虽为中国内地最早的石窟艺术开创地之一，但它正式开窟建寺的时间要从420年北凉灭西凉之时算起。莫高窟历史上出现的开凿盛期是北魏孝明帝时（516～528年），这时随着洛阳的一批官宦、僧侣和工匠的进入，中原汉风在这里开始流行。而这已经是天梯山石窟开凿一百年以后的事情了。

由此，可以清楚地看到，中国石窟的影响过程应当是：天梯山石窟→云冈石窟→龙门石窟→敦煌石窟。这里仅从影响和源流关系上探索出中国石窟的一种发展脉络。事实说明，真正影响中原石窟风格的非天梯山石窟莫属。

离开天梯山的时候，我和赵管理员很熟识了，他特意领我去了他的工作室兼卧室看看。十几平米的房间挂满了书画，都是他的作品。他的画功也很好，构思立意很巧妙。书桌上堆满了书籍和文稿，他还给我看了很多出版物，都是他或者他与别人合作写就的文化研究文集。一个没有进过高等学府、没有考古专业文凭的农家子弟，凭着一颗赤诚的心，一副吃苦耐劳的肩膀，硬是走出了一条属于自己的路。

我想：天梯山石窟的历史地位和伟大艺术成就，还有无意间遇到的天梯山赵管理员的成才故事，说明了同一个道理：只要付出努力，坚持不懈，成功与成就的被认识，只是一个时间问题。

难道不是这样吗？

循化：

骆驼朝着幸福走

撒拉族是中国人口最少的民族之一，主要居住在青海循化，我知道循化这个地名并结识撒拉族朋友是在西藏阿里地区。当时我和同路"驴友"徐静从阿里去扎达，没有长途客车可坐，就找了辆拉水泥的顺路车，车老板就是撒拉人。

半路上，车出了多次故障，在接近扎达土林前，那辆车终于"歇菜"（不能开动）了，正好后面开来北京

在阿里，我第一次知道并认识了撒拉族兄弟

街子乡的雕塑

"驴友"雇的越野车，拉了老乡关系后，我和徐静改坐越野车才摆脱窘境。

虽然没有跟着萨拉人的车到达扎达，但我和车老板韩富林（萨拉名字韩贝克）、韩舍木索等人成了朋友。在阿里等韩舍木索的水泥车的当晚，我还和韩富林有过深谈。

韩富林是个有文化的人，汉语很好，对国家大事知道得很多，这在大西部一路遇到的民族兄弟中是

循化黄河桥

撒拉年轻人

街子——萨拉人的家园

不多见的。他告诉我，他的家乡在青海循化县街子乡塘坊村，他在西藏阿里跑运输八年了，车子是自己的，主要赚取运输费。

"阿里这么大，你怎么知道哪里有活儿？"

"我们只是运输，中间还有联络人，联络人专门负责联系拉活儿，每拉一次，联络人提一定的收益，七扣八扣，我们落下的不是很多，但有活儿干，积少成多，还是能有不少收入的。"

我想起与老韩商谈搭车去扎达的情景。我问100元一人行不行，韩富林答应了，站在一边的另一个始终不答应。我不解个中缘由，只好依照那人的条件按150元一位给。那人生意脑子极好，出发时间还没有谱，却让我们马上交"订金"。我拿出100元付给韩富林，老韩当即给了那个人50元，事后得知这个人并不开车，只是派车人，正好来和老韩说事，让他撞见了。只能怪我们和老韩讲价早了点，要是他不在场，也就没他的事了。

"跑了八年，对阿里一定很熟了。"

"不，新藏线比较熟，其他的也不熟。你知道这里的路多难走啊，有时候几乎是拿命换来的。现在看着阿里有了小城市的模样，当年可荒凉着那。"

"那你怎么想到跑运输的？"

"哎，说来话长啊。你知道，改革开放前我们那里有多穷吗？说起来都要掉眼泪。改革开放前几年，大家自己种地，调动了积极性，吃饭问题解决了，但手里没有零花钱。撒拉人有经商的传统，我想到了买车跑运输。母亲不同意，说娃儿，咱们有吃的了，钱少花就少花吧。我说，妈妈啊，咱们不

循化中心广场

能这样穷下去，一定要拼出一条路来。我贷不到款，只能借钱买了一辆小货车。货车开了几年，家里新房子盖起来了，村里人看了，也照着我的样子买车跑买卖搞运输，如今大家的日子都好起来了。”

"你这大车是什么时候换的？我看起码30万否则拿不下来。"

"换了有两年了。跟车的是儿子，我在带他，以后就交给他了。"老韩

撒拉孩子

撒拉人先祖的墓地

著名的街子乡清真寺

告诉我,他有5个儿女,两个女儿出嫁了,她们跑到沿海开牛肉拉面店致富也很快,还想拉这个开车的弟弟去帮忙呢。老韩舍不得自己开辟出来的运输路子这样消失,坚持把儿子留下接班了。还有一个小儿子,读书是块料,老韩现在准备用攒下的钱送他到国外读书呢。

谈到这里,我为老韩的奋斗结果高兴起来。

韩富林是我接触到的第一位撒拉人,我对他印象深刻,觉得他是撒拉人的一个符号。

两个月后,我来到循化,来到了韩富林的家乡。循化是撒拉族的绿色家园,是全国唯一的撒拉族自治县。撒拉族有自己的语言,无文字,通汉文,信仰伊斯兰教,其生活习俗大体与回族相似。撒拉族男子喜留胡子,头戴黑色或白色圆帽,身穿白汗褡,青夹袄;妇女头戴盖头,喜佩耳环、手镯等金银首饰。他们善于从事商业、园艺、采伐、制革等。在湍急黄河激流上扳筏子,为撒拉人的一手绝技。

撒拉族的文化中心,就在韩富林家乡的街子乡。这里有撒拉人的祖寺——街子乡清真大寺,也是青海最著名的几个清真寺之一。此外还有佐证撒拉人来历的骆驼泉。

传说七百多年以前,在中亚的撒马尔罕有一个部落,是撒鲁尔人的一

骆驼泉

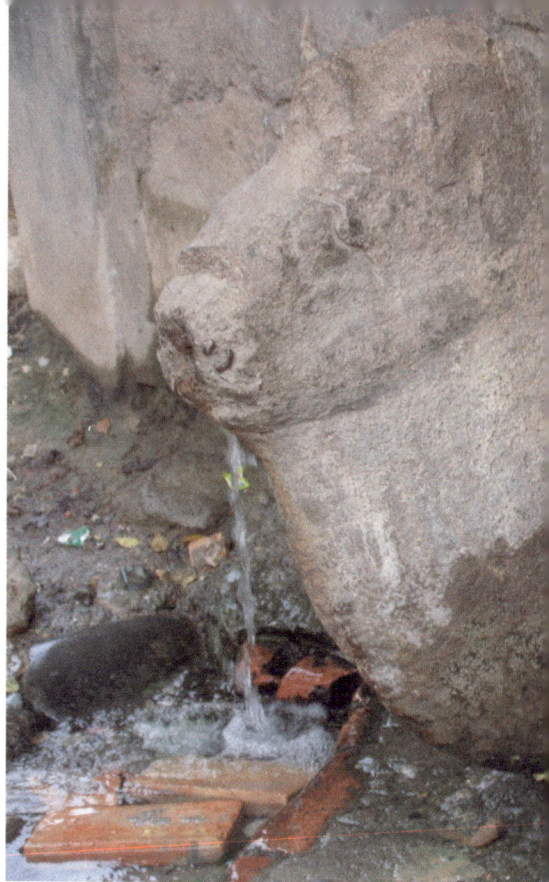

泉水至今仍从石骆驼嘴里流淌出来

街子乡里的撒拉人家

新居对面就是撒拉人过去住的地方

新造的街子清真寺

支，信仰伊斯兰教。其中有尕勒莽、阿哈莽兄弟二人，在教徒中很有威望，因遭到嫉恨和迫害，兄弟二人决心离开那个地方，去寻觅幸福的乐园。他们与16个族人共同牵了一峰白骆驼，驮着《古兰经》、故乡的土和水，向着东方出发了。他们走了17个月，一天傍晚，终于来到了今天的街子一带。

暮色中骆驼走失了，他们点着火把四处寻找。那点火的山坡至今仍叫"奥特贝那赫"，意思是火

萨拉男人

171

撒拉的核桃很著名

坡；坡下山村叫"奥特贝那赫村"，意思是火村。黎明时，他们找到了街子东边的沙子坡，给这坡起名"唐古提"，意思是天亮了。就在这时，他们发现坡下一泓泉水突突而流，无比清澈，而白骆驼就卧在泉水之中。

尕勒莽用棍子去赶骆驼，不料棍子一下子变成了长青树，骆驼变成了石骆驼，驼嘴中喷吐着清泉。他们想，骆驼可能在暗示这就是乐园，于是定居在了这里。他们修建起了宏丽的街子清真大寺，从撒马尔罕带来的《古兰经》至今还供奉在寺中。如今白骆驼依然卧在那里，骆驼口中的泉水一直潺

撒拉的辣椒非常出名

潺地流着，浇灌着撒拉人的土地……经过六七百年的发展，撒拉族已是青海高原上的土著民族，是循化地区的主人。

　　漫步在骆驼泉，走过很多撒拉人家的庭院，我看到了今昔不同生活留下的痕迹，虽然有韩富林家的地址，他邀请我去他家里做客，但我知道他还在阿里忙着生计，便没去打扰他的家人，因为我已经亲眼看到了他的家乡和族人快乐生活。

同仁：

菩萨给了他们一支笔

青海同仁是国家历史文化名城，隆务镇是同仁县府所在地。当地的"热贡"艺术非常著名。十四五世纪，藏传佛教传入同仁地区，坐落在热贡隆务河畔的吾屯上下庄、年都乎、郭麻日、尕赛日等自然村的藏族、土族群众，顺应喇嘛教的发展，寺院建设的需要，兴起了主要为宗教服务的绘画、雕塑、石刻等艺术，被称为"热贡佛教艺术"。

热贡艺术不仅是藏传佛教艺术的重要组成部分，也是颇具广泛影响的艺术流派。数百年来，这里从艺人员众多，群体技艺精湛，为其他藏区所少见，因"人人会作画，家家以艺术为业"，故被誉为"藏族画家之乡"。同仁地区在藏语中称为"热贡"，因而这一艺术便统称为"热贡艺术"。

青海同仁县隆务镇

热贡艺术包括绘画（壁画、卷轴画，藏语称"唐卡"）、雕塑（泥雕、木雕）、堆绣（刺绣，剪堆）、建筑彩画、图案、酥油花等多种艺术形式。内容表现主要为释迦牟尼、菩萨、护法神、仙女之类的佛像，以及佛经故事等。

热贡艺术早期的作品，手法粗放古朴，分彩单纯，绘画带有印度、尼泊尔风格。其笔调雄迈，人物山水、花鸟草虫生动传神，画面给人以雄浑、博大之感。至17世纪中叶，热贡作品线描简练流畅、刚劲有力，工笔重彩，设色清新、匀净协调，所画人物形神兼备，画风趋向华丽、精细，开始注重线

珍藏在青海博物馆的早期唐卡

条而不是画面的装饰效果，成为热贡艺术承前启后的辉煌鼎盛时期。

　　热贡艺人四处作画，几个世纪以来，足迹遍及藏区及印度、尼泊尔、泰国、蒙古等国，给那些地方留下了数以万计的精美艺术品，热贡艺术在中国和世界都享有很高的声誉。

同仁隆务寺

　　由于历史久远，很多早期、中期优秀的热贡绘画作品已不复存在。只有到同仁的年都乎、吾屯、尕沙日等村的寺院还能见到这些零星作品。走在同仁隆务镇的村村落落，你会感觉就像进入了艺术殿堂，寺庙美仑美焕，周边的人群几乎个个都是画家。

　　热贡艺术尤以"唐卡"出名。唐卡系藏文音译，指用彩缎装裱后悬挂供奉的宗教卷轴画。先画于布或纸上，然后用绸缎缝制装裱，上端横轴有细绳便于悬挂，下轴两端饰有精美轴头。画面上覆有薄丝绢及双条彩带。涉及佛教的唐卡画成装裱后，一般还要请喇嘛念经加持，并在背面盖上喇嘛的金汁或朱砂手印。

　　优质唐卡的绘制极为复杂，用料极其考究，颜料全为天然矿植物原料，色泽艳丽，经久不褪，具有浓郁的雪域风格。唐卡在内容上多为西藏宗教、历史、文化艺术和科学技术等，凝聚着藏族人民的信仰和智慧，记载着藏族

隆务寺建筑及其绘画

隆务寺壁画

隆务寺堆绣

吾屯白塔

隆务寺绘画

的文明、历史和发展，寄托着藏族人民对佛祖的无可比拟的情感和对雪域家乡的无限热爱。

唐卡最初是在松赞干布时期兴起的一种新颖绘画艺术，后来发展出刺绣、织锦、缂丝和贴花等织物唐卡，有的还在五彩缤纷的花纹上，将珠玉宝石用金丝缀于其间，珠联璧合。

我在吾屯上、下庄走访了两位唐卡制作师傅。

第一位是民间艺人。师傅很年轻，年纪不超过30岁。他七八岁就开始摸画笔了。他告诉我，他没有进过美术学校，是跟着父辈学会的，村里的人大多数都会绘画，农闲之后就制作唐卡。

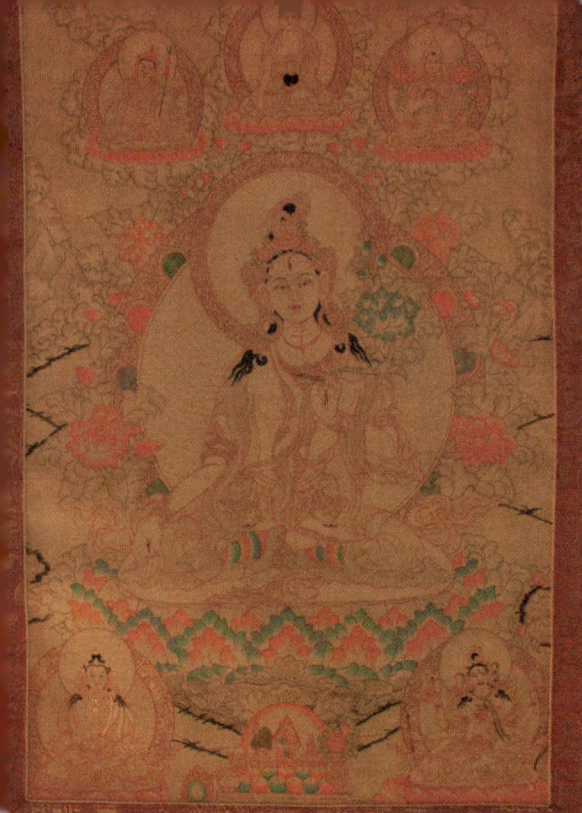

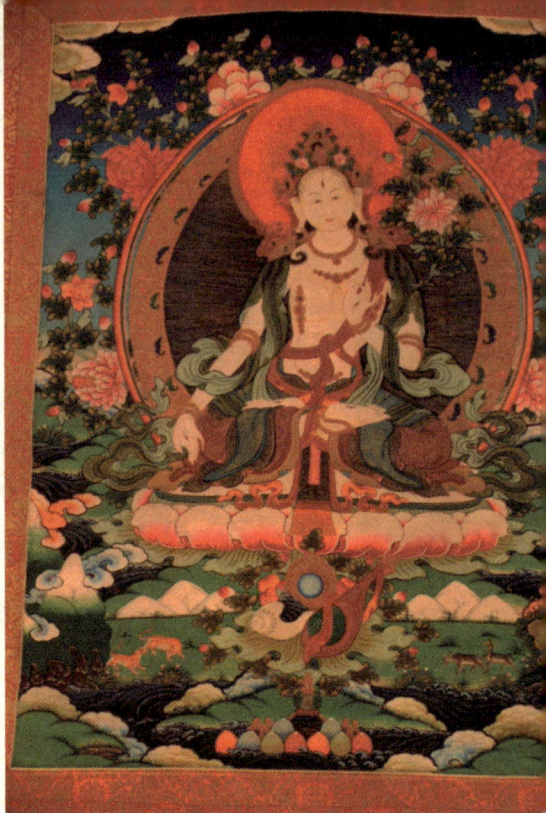

唐卡店里的陈列品

在他家的陈列室里，到处挂满了唐卡作品，他们家已经成为唐卡专业户。书本大小的唐卡，一两天即可绘制完成，如果是巨幅作品，每幅至少一至两个月。有幅精品，他足足画了半年。唐卡售价不菲，给他们带来了丰厚的收益。我看到主人的房屋、屋内的陈设都非常华丽、讲究，就像他们的唐卡作品一样非常精美。

我问主人："来同仁游览的人并不是很多，你们怎么卖画呢？"

小伙子指指书桌上的电脑："现在有互联网，我们在网上发布样板图片和价钱就可以了，我们和内地许多唐卡专卖店有商务联系，订单都是极为高档的、大画幅的，每幅价值都在几万、十几万元，一年只要有几个订单就忙不过来。"

小伙子告诉我，唐卡最常见的尺幅是条幅形，底边留有很大的空白，尺寸一般是长75厘米，宽50厘米。唐卡分为两大类。一类用丝绢制成的叫做"国唐"，一类用颜料绘制的叫做"止唐"。他的店是专门制作"止唐"

唐卡店主人

唐卡店主人的家

的。止唐又分彩唐（用各色颜料画成
背景的唐卡）、金唐（用金色颜料画
背景的唐卡）、朱红唐（用朱红色颜
料画背景的唐卡）、黑唐（用墨色画
背景的唐卡）。随着印刷术的运用，
又出现了"版印止唐"，就是印刷
出来的那种。目前唐卡市场上名目繁
多，那些成批量复制甚至是印制的，
多偷工减料，收藏价值不大。

　　第二位是僧人画师。这位僧人
在念经之余从事唐卡的制作生意。他
领我参观了制作间，几个徒弟正在工
作。他从小在寺庙学画长大，如今是

正在绘制中的唐卡

僧人画师。这位僧人在念经之余
从事唐卡的制作生意

僧人的唐卡制作间

寺庙唐卡第一美术大师。他告诉我，一幅唐卡的主体可能是由徒弟绘制的，但像眼睛、指甲、手印、人物身上的装饰与法器等最见功力的地方，大都是由师傅绘制的。购买唐卡最好买寺庙里绘制的，因为僧人是用情感在绘制佛和菩萨的形象，意义会更加不同。

唐卡的绘制时间较长，画工精细、画幅较大的唐卡价格也必然昂贵，选择时要注意画师的知名度，喇嘛绘制的唐卡宗教色彩更浓厚一些，另外要注意绘画功力，比如颜色的调制是否均匀，细节的绘制是否仔细完整，各部分比例是否和谐，有无溢色、落色，作品的整体性是否完整严谨等。

僧人画师告诉我，过去唐卡很少留下作者的名字，但人们还是记住了一些著名画师的名字，如前藏的洛扎丹增洛布，后藏的曲银嘉措、绒巴索朗结布、江央旺布等，都是17世纪知名的大师；还有一部分唐卡是寺庙里有绘画才能的喇嘛绘制的，他们被称为无名大师。

寺院是藏族文化荟萃之地，过去许多高僧不但是深受崇敬的佛学大师，而且是出类拔萃的绘画能手。公元11世纪进藏传教的阿底峡就是绘画佛像的高手，据说他曾画过两幅珍贵的唐卡，一幅自画像保存在热振寺，还有一幅大威德金刚像存放在聂塘寺。在聂塘寺还保存着一尊阿底峡的自塑像。著名的萨迦班智达贡嘎坚赞，曾在萨迦北寺画过文殊菩萨像。格鲁教派的始祖宗喀巴也精通绘画，据说他曾画过一幅自画像寄给在青海的母亲。之后，诸如克主杰、阿明罗桑嘉措等宗教首领，也都画过不少唐卡珍藏在寺院。

寺庙唐卡的内容除了佛像之外，还有反映教礼、教规的。常见的有：坛城图、六道轮回图、十全自在图、格鲁派戒律表、九宫八卦图、八大佛塔和各类佛菩萨等。最常见的是"八吉祥图"（宝伞、金鱼、宝瓶、妙莲、右旋海螺、吉祥结、腾幢、金轮），还有"吉祥八物"（镜子、奶酪、长寿茅草、木瓜、右旋海螺、牛黄、簧丹、白芥）。另有七政宝图形及各式各样的图案。有的唐卡中，除了绘制宏伟的建筑群，还描绘寺院及其兴建原因、修建情景和建寺过程中降魔的神话故事，还有的绘有寺院落成后的盛大庆典场面等。

唐卡还以藏民生活的相关内容为题材，包括他们的历史地理、神话传说、藏医药、天文历算等，还包括四大洲及风火水土图、须弥山图、藏人的起源图、金城公主进藏图等。吉祥四瑞图也是藏族僧俗酷爱的唐卡题

吾屯寺庙门口的莲花地画。僧人可以手抓一把白石灰信手画出

这样的唐卡店在吾屯很多

吾屯，唐卡的艺术之乡

183

僧人制作的唐卡

山上的佛像

材。因此，唐卡也是藏族的大百科全书。

作为宗教文化的唐卡是前人留下来的历史遗产，是研究古代绘画艺术的宝贵资料。热贡艺术是中华古代文化艺苑中一朵夺目的奇花。热贡艺术家们通过无以伦比的艺术实践和几百年漫长的历史踪迹，反映和表达了他们对生活的理解，是藏族不同地区之间、藏族与其他民族文化之间交相辉映、互相影响的产物。人们有理由相信，通过唐卡艺术这扇窗户去认识、探索这份遗产的真正价值，对于藏族绘画艺术的继承和发展一定有积极的作用，唐卡在新的历史条件下也一定能有不断的创新，这颗璀璨的明珠一定会得到更多世人的认识和欢迎。

中卫：
顽强是首豪迈的歌

中卫是我进入宁夏的第一站。

中卫的高庙和沙坡头是宁夏的两大景观。高庙有"紧凑的哲学"的美誉，沙坡头则被称为"大漠奇观"。中卫高庙就在市内，出火车站，前行10分钟就可走到。

中卫高庙

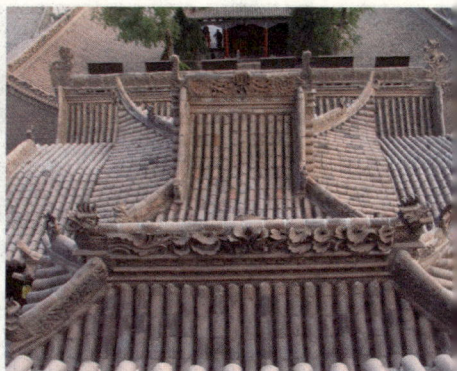

中卫高庙的建筑艺术组合

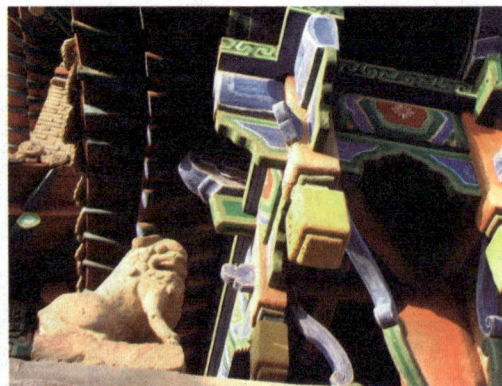

高庙建筑细节组合

高庙建在接连城墙的一处高台（包括高台下的保安寺）上，建于明永乐年间（1403~1424年），经历代增建重修，至清代已成为一处规模较大的古建筑群，是展现宁夏古建筑风貌的著名景点。

夸高庙是"紧凑的哲学"，是因为其集"三教合一"，三教即佛教、道教和儒教，这些教均是影响中国人早期思想的精神支柱。正如庙的砖雕牌坊上一副对联所述："儒释道之度我度他皆从这里；天地人之自造自化尽在此间"。庙里供奉的不仅有佛，还有玉皇、圣母、文昌、关公等。佛、道、儒三教的偶像济济一堂，中华民族早期精神世界里崇拜的神差不多都聚集在一起了。

高庙占地虽小，风景却无限。

高庙以高取胜。整个建筑群分两部分，前低后高，层层叠起，形如凤凰展翅。前院为保安寺及其山门，上为南天门、大雄宝殿、中楼，最上层是五岳庙、玉皇阁、圣母宫，有木梯与中楼相通。主体两翼分别是钟鼓楼、文楼、武楼等陪殿。南北向中轴线上，建筑物层层紧扣，步步增高，左右对称，上下呼应，亭廊相连，迂回曲折，檐牙相啄，翼角高翘，加上九脊歇山，四角攒尖，十字歇山，将军盔顶等造型别致的屋顶，构成一座气势雄伟、风格迥异的建筑群体。

高台占地面积只有4 000余平方米，而这么短小的地坪上建造了260多间殿宇。整个建筑群不仅重楼叠阁，亭廊相连，翼角高翘，构成了迂回曲折的内外空间，而且这里的砖雕、木雕、石雕、绘画、塑像造型处处、个个都非常精美。登上高庙的最高层，极目云天，满眼生辉，大漠绿洲，云蒸霞蔚，风吹铜铃，叮咚悦耳，满城生机，游人犹如沉浸在诗情画意之中。

就在我啧啧称赞的时候，被一位出家人听到了。他热心地告诉我，这个建筑当初是四个聋哑人带头建造的。一个管设计，两个管施工，另一个管监造。他还告诉我，高庙最高的建筑物高达29米。所有的建筑物都是左右两相对称的，逐次递进升高，形似凤凰展翅，如果站在最高处可以有凌空欲飞的感觉。

高庙风景

高庙风景

　　我站在高庙的绝顶处，望着四个聋哑人留下的历史杰作，感慨万分：确实，人不能选择命运，但能改变命运。只要一个人心地善良，心中有爱，就会有顽强的生存能力，就会有伟大的创造动力。明代的这四位聋哑人不就是这样吗？他们没有屈服于生活，而是用自己的顽强，用自己的智慧和双手谱写了一曲豪迈之歌。

银川：

有这样一对回族老人

女童教育，是世界各国普遍关注的问题。在中国大西部的旅行路上，我在银川特地走访了海长泉、杨淑萍两位回族老人，聆听了他们潜心办学回报社会、创办银川中阿女子学校的故事。

在一所普通的居民楼里，我见到了海长泉、杨淑萍夫妇。他俩都80多岁了，那几天身体有些不舒服在家休养，听说我来拜访，特例安排了见面。

之前，我读过海长泉夫妇办女童教育的报道。让我奇怪的是，他俩并不是教育工作者，却对女童教育如此执著，这是为什么呢？

我们在客厅坐下，我细细听他俩将身世和办学过程娓娓道来。

海长泉，1925年8月出生于宁夏盐池惠安堡，祖籍宁夏同心韦州，是中国伊斯兰经堂教育创始人之一海东阳的第15世孙。他的夫人杨淑萍，1931年生人，宁夏同心县韦州镇人。

海长泉的前几辈都是地道的农民和小商贩，到了祖父、父亲辈，家境衰落。爷爷海禄、父亲海明龙以扛长工、打短工为生。爷爷不堪生活重负，30多岁离世，那年父亲13岁，靠着回族亲友们你一把米、我一把面的帮助度日。几年后，奶奶也离开了人世。海明龙成人后与杨氏女子结婚，生育了海长泉兄弟二人。

海长泉9岁时，母亲去世，父子三人沦为苦役，终日劳作。13岁时，父亲去世，海长泉成了无依无靠的孤儿。送完父亲的"埋体"，他来到同心韦州东寺，接替父亲的工作，干着拉水、烧水、做饭之类的杂活，同时在寺里接受经堂教育。

20世纪三四十年代的中国兴起了新式教育，回族一些仁人志士也大力改革传统的经堂教育，提倡回族新式教育，许多清真寺在原来课程的基础上增

海长泉、杨淑萍夫妇

加了语文、史地、数理化等科目。海长泉在那时打下了文化基础，既懂阿拉伯文，又有一定的汉语能力。

1942年至1948年，海长泉先后到平凉砂石滩、固原三营、同心韦州等地的清真寺求学，向许多著名的阿訇学习。这一时期，艰辛的生活磨练了他，丰富的知识滋养了他，人间的真情温暖了他，他也逐渐走向成熟。

婚后的日子，清贫而平静，妻子杨淑萍打工养家，海长泉继续他的学业。1949年9月，宁夏解放。20世纪50年代，夫妻俩带着儿子走进银川。期间，海长泉当过炊事员、外线工，最后由银川亚麻厂调到送变电工程公司工作；杨淑萍也由苗木场调到林业科学研究所工作。1976年后夫妻俩先后转为国家正式职工。他们生养了三个孩子，两男一女，日子过得很温馨。

1982年，海长泉光荣退休。他没有坐享清福，而是参加了自治区伊斯兰教协会的阿訇进修班。两年后，他以优异的成绩结业。海长泉决心换一种方式去拥抱生活。从1984年起，他先后在同心韦州、吴忠东塔、内蒙古巴彦高勒等地的清真寺担任教长。每到一处，他都以身作则，以丰富的知识、朴实的作风赢得了穆斯林群众的尊敬和爱戴。

1986年，海长泉在吴忠东塔八队清真寺，看到一些青少年农闲时无所事事聚集赌博，便召集人用土坯砌了数十张大桌子，办起了文化学习班。1987年，吴忠市秦桥清真寺当时只有5间土平房，他任教长半年，从全国各地筹集到"乜贴"（"乜"字读音mie，"乜贴"是阿拉伯语的音译，是"心愿""意念""意图"的意思。此处指善举。）六千多元，盖起了一座像模像样的清真寺。1989年，海长泉受聘来到有名的穷坊、穷寺——韦州高窑清真寺任职。高窑尚未通电，群众守着煤油灯过日子，他风尘仆仆上银川、进草原，从内蒙古的阿拉善左旗买来一台风力发电机，照亮了清真寺，也照亮了高窑群众的心。1990年夏天他离开高窑的时候，穆斯林群众从十里八乡赶来送他。

"您怎么想到要办教育的，特别是女童教育呢？"

海长泉告诉我，1989年、1993年他两次赴麦加朝觐。期间，看到世界各国穆斯林妇女都能说会写，而中国朝觐团的女士则显得木讷，联想现实中存在的种种对妇女不公平的现象，尤其是女孩子失学辍学率高、十六七岁嫁人、一辈子围着锅台转的现实，他不禁感到悲哀，更感到责任深重。他说，有无文化的人生道路是完全不同的，要让妇女真正解放，必须从提高文化素质开始。从那以后，他决定做一件事——办学。

他前后参与过三所回民中阿学校的创办。第一所创办于1990年，十余年来几经更替。1993年10月至1995年3月，海长泉任同心韦州海坎清真寺教长期间，与人创办了"同心韦州东阳中阿女子学校"，课桌椅基本都是海长泉捐助的。第三所学校"银川中阿女子学校"是1995年上半年创办的，他在银川西关清真寺旁租下数间民房，挂出了牌子。当时学制为两年，开设的课程主要有：初高中语文、中国历史、法律常识、写作知识、伊斯兰简史、阿拉伯语、缝纫等。创业艰难，没有桌椅，他四处询问，找别人淘汰下来的，修好了再用；没有炉灶，自己搬砖、和泥、垒砌；他还揽下做墓碑的活，挣钱为学生改善伙食。

海长泉办学是慈善性质的，学生不交学费，除了自带口粮，一切费用均由学校承担。为了支付这些开支，夫妇俩把每月退休金和多年积蓄都用上

宣传海长泉夫妇事迹的各种刊物

了。当时夫妻俩的退休金每月合起来才两千多元，不够时就动员儿子、女儿捐献，在斋月里向穆斯林群众筹集"乜贴"。

令海长泉夫妇高兴的是，他们赶上了党的好政策，中央提倡鼓励发展民办教育。1995年底，银川市教育局批准了他的办学申请，他的办学精神感动了社会各界，有老师主动提出为他义务代课，学生也越来越多。当社会上的老师每月工资1000元以上时，他只能付给500元，即使这样也是举步维艰，物价上涨后学校经营更是困难。但老人没有低头，总是想尽一切办法来解决问题。

我实地看到，海长泉老人生活非常简朴、清贫。有人告诉我，他几天回一趟家，从新城到南门外，两元钱的直达中巴车票舍不得买，而是换乘公交汽车，为的是省下一元钱（老年人乘车，持优惠证车费减半）。说他是校长，其实是地地道道的勤杂工，烧锅炉、买菜做饭，都是自己动手。

老伴杨淑萍为做好学校的后勤工作也竭尽全力，她经常到亲戚朋友家、回族妇女中找来旧衣服、旧被褥，拆洗缝好后送给贫困生穿用。有时还亲自到批发市场为学生们买回牙膏、毛巾、笔墨纸张等日用品，到菜市场买批发的蔬菜、水果，只要能节省，再费心费力她也不怕麻烦。她还手把手地教学生们做饭、洗衣、保健等。每当学生毕业离校时，孩子们和老人家都哭着抱

海长泉打开DVD，为我播放办学的资料片

在一起，不愿分开。

十多年来，老人办学培养的毕业学生已达八百多人，在民办教育岗位上工作的有14个，出国深造的3个，有20多个在浙江义乌外资企业担任阿拉伯语翻译，其他的当了工人。有的用自己学到的文化知识开办了种植、养殖企业。为了适应社会的发展，学校还将原来的缝纫课程改为计算机技术应用，学制也变为三年，颁发国家承认的中专毕业文凭。

说到这里，老人打开DVD，放了一段学校开办十周年的影视资料。我看到女童们唱歌的镜头，听到她们热情赞颂校长夫妇无私奉献、帮助其成长的感言，还看到了当地政府领导的支持讲话。他们的事迹已有上百篇文字和图片报道，通过新闻媒体的宣传，学校有了知名度，甚至连中东地区的阿拉伯国家都知道了这样一所女童教育学校。

"您们毕竟年纪大了，身体有时不太好，可教育是个百年事业，您们怎么继续完成这个心愿呢？"

老人说："民族的文化素质是民族发展的基础，孩子们关系的是家族和民族的兴旺；没有文化的民族是没有希望的民族，一个民族的女童如果没有文化，这个民族将是落后的民族。我办女学，实际是想为国家的未来出力。我虽然即将日落西山了，但有生之年一定要为民族的发展做点事情。人生要吃喝玩乐，但吃喝玩乐不是人生的全部。今天的幸福生活都是新社会给的，都是政府给的，我始终有感恩的心。我做的事业，希望孩子们能够继承，我这些年做公益活动，也让他们跟着我付出很多财力、精力，我们全家会无怨无悔。知足者常乐，这是我一生的宗旨。仅仅为自己活着，那是不完整、也是没有价值的人生。我们夫妇俩每月的退休金月月光，但我们高兴，因为做的是对社会有益的事情。"

离开老人的时候，我深为他们执著追求自己理想，不媚俗、不媚钱、不媚权的精神感动。如果不办中阿女子学校，他们现在的收入和积蓄足够尽享天年。已经八十多岁了，而他们还在为民族教育事业奉献着自己的光阴。

记住两位老人说的话吧：

海长泉："我已经到了老年，亲身的经历以及海外的见闻使我越来越深刻地感受到，没有文化的民族是落后的民族。在余下的时间里，再没有比办教育更有价值的事情了。"

杨淑萍："我们两口子是苦水中泡大的，托共产党的福过上了好日子。现在我们都老了，就是存上一房金子又有啥用呢？把钱花到娃娃们身上，只要他们学到知识，活着才对得起人，即便我们眼睛闭上了，也不枉来世上一回。"

这样的一对老夫妻，值得我们铭记！

包头：

千秋呐喊的无字天书

岩画是描绘、刻制于岩石上的图像，是人类先民留给后世的一份丰厚、珍贵的文化遗产，它在世界各个地区都有分布。中国是岩画最为丰富的国家之一，在大西部旅行的一路上我看到许多。

第一次看到岩画作品是在新疆。在乌鲁木齐水磨沟风景区的公园里，有一处岩画仿制景区，那里基本集纳了新疆各处岩画的优秀作品，可谓是新疆岩画的微缩。

第一次看到真正的岩画原作，是在新疆喀纳斯深山的山岩上，不过面积不大，只有两块岩面，加起来不过十几平方米。

在甘肃嘉峪关公园里，再次看到岩画景区，面积要远比新疆乌市的水磨沟大得多，内容和形象也更加丰富，不过还是仿制品。

贺兰山的岩画非常有名，在宁夏银川博物馆我不仅看到了许多岩画的巨大实物，而且在贺兰山游览时，对岩画原地的周边风貌也大致有了比较贴近的了解。

内蒙古是岩画大省区，阴山一带分布着几百里长的岩画区，这个优势在全国独占鳌头。其中，内蒙古西部地区的阿拉善、巴彦淖尔和包头达茂等地是岩画最为集中的地方。

包头博物馆岩画展厅

内蒙古岩画分布图

非常幸运，我虽然没有到岩画现场，但在乌海和包头两地的博物馆里看到了众多实物，这些实物加起来比在新疆、甘肃、宁夏看到的还要多。

据不完全统计，内蒙古岩画有3万多幅。岩画以古朴、凝练的手法，表现了不可再现的古代历史，记录了史前时期至各个历史时期先民社会活动的方方面面。它以独特而丰富的文化内涵、历史性的深度和世界性的广度引起了人们的普遍关注。

岩画是古代社会的百科全书，在无文字时代负载着记录社会现实的作用。它向我们提示了远古人类的社会生产方式、经济活动、宗教信仰、哲学思想、审美观念、部族战争、自然环境等各方面的内容，是各种学科的研究对象，堪称想象宏丽、感情浓烈、意境深远的形象性史诗。

书中展示给大家的岩画图片，包括阿拉善左旗毕其格图山、希勒图山、银根等地的岩画、阿拉善右旗的曼德拉的岩画，以及乌拉特中旗的阴山岩

阴山岩画组合

画、包头达茂旗的岩画，还有乌海桌子山岩画。我们可以窥见内蒙古西部地区岩画之一斑，并从中领悟到岩画的艺术真谛。

阴山山脉巍峨壮丽，横亘在内蒙古中部，蜿蜒千里，由东段的大青山、中段的乌拉山和西段的色尔腾山、狼山组成。在阴山西段，南面就是著名的河套平原，而北面则是一望无际的乌拉特草原。这段山脉附近是历代北方少数民族活动的舞台，不仅是一条重要的地理分界线，而且蕴藏着丰富的古代艺术与文化，其中最著名的便是那数以万计的阴山岩画。一千多年前，郦道元在《水经注》中曾对阴山岩画作过描述，它是世界上最早记载岩画的历史资料。象征夸张的艺术手法是阴山岩画的鲜明特点。

来自内蒙古阴山的海勒斯太沟一块半米长的岩石上，刻着一幅生动的

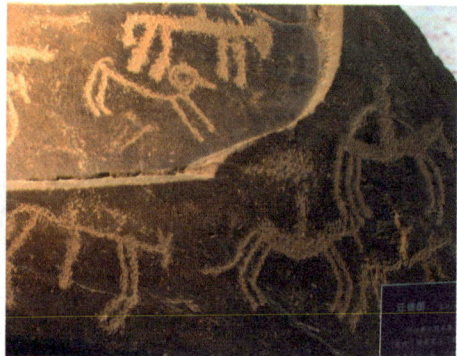

阿拉善岩画

"猎牧图"。这只是内蒙古无数岩画中的一小块碎片。在内蒙古，有数万处岩画展示着我们祖先的生存状态。

弱水之东、贺兰山之西是广袤的巴丹吉林沙漠、腾格里沙漠和乌兰布和沙漠。在这数十万平方公里的荒漠戈壁中，蕴藏着上自旧石器、下至清代的数以万计的岩画。这里原本并不荒凉，历史上曾是众多民族创造文明的天堂，阿拉善岩画就是这一文明的结晶。分布稠密、画面集中、图像清晰、技法多样，是阿拉善岩画的主要特色。

达茂草原的岩画蕴藏量达到了一万多幅，占全区岩画存量的三分之一，是弥足珍贵的人类文化遗产。因此，达茂草原堪称世界古代岩画艺术宝库。达茂岩画年代久远，上起新石器时代，下迄明清时代，时间跨越四五千年。达茂草原岩画题材广泛，内容丰富多样，有人物、动物、居所、车辆、道

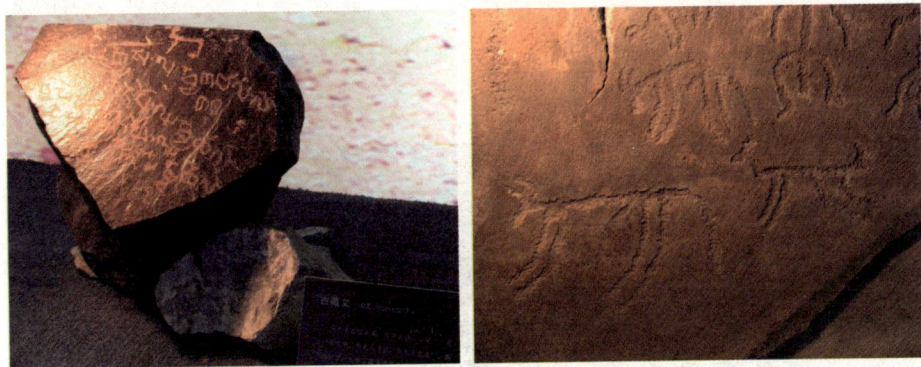

达茂岩画

路、什物、符号文字、天体等。达茂岩画从表现的场景分类，还可以分为狩猎、畜牧、征战、居住、舞蹈及宗教信仰等十余类。

乌海桌子山上的岩画，总面积有1.6万平方米，由召烧沟岩画、苦菜沟岩画、苏白音后沟岩画和后摩尔沟岩画五处组成，其中以召烧沟岩画最为著名。召烧沟岩画系青铜器时代我国北方游牧民族的文化遗迹，发掘出可辨认图形10幅，画面摹刻在较为平缓的石灰坡面上。岩画内容多为太阳神等人面

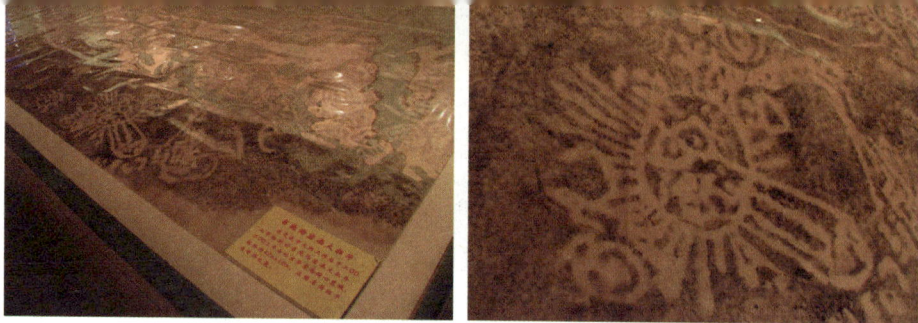

桌子山岩画组合

像、动物图形、狩猎图、符号等，每幅岩画单独成画，神态各异，是国内罕见的出土岩画。桌子山岩画创作于新石器时代，每幅画都是刻磨而成，是我国北方游牧民族的历史文化遗迹。特别是人面像岩画，是中国和世界人面像岩画之精华，反映了人类童年时代丰富的想象力和对生活的美好愿望。

这个太阳神岩画是乌海的召烧沟岩画。专家认为，它大概是青铜器时代的岩画。太阳神就是阿波罗了，西方的阿波罗从圣经上看的话，也就是两千年左右的历史。但是我们的这个"阿波罗"早在五千年以前，我们的先民就在这个山石上刻好了。它有一群这种所谓的人面像岩画，这幅是很著名的太阳神岩画，有眼睛、眉毛、胡子，像个老头一样，还有闪闪发光的纹路，非常形象。

著名的太阳神岩画

　　岩画是古代人类创造于山石上的文化遗存，它从远古走到今天，从洪荒迁入殿堂。岩画如诗，抒发出古代游牧民族人与动物互为依存、休戚相关的朴素情感，以及先民们热爱生活、迷恋草原的赤诚情怀；岩画似火，那金属工具凿刻于岩石上撞击迸发出的星星火花，已经点燃起草原文明的熊熊烈焰，在高山低谷间升腾；那匹匹"骏马"，忽然间似乎挣脱了捆缚，奋而驰骋于草原大漠之中，铿锵的马蹄声清脆悦耳，宛如跳跃的音符，弹奏出回响不绝的文明乐章……

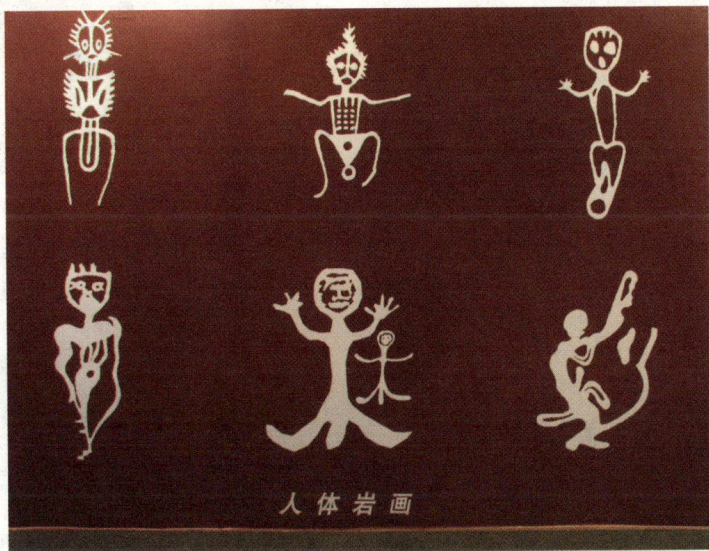

岩画人体形象

岩画人面形象

浐河半坡：
六千年前的印记

六千年前，中国西北大地上的人类是怎样生存的？

西安东郊浐河附近的半坡博物馆会告诉你最准确的答案。

博物馆内有一座中国原始社会母系氏族繁荣时期遗留下的完整村落遗址，距今已经六千八百多年了。当时的半坡人生活在这片土地上，他们采集、种植、捕鱼、狩猎；制造石制和骨制的工具，并以泥土、树木、藤草为材料，营建了这个井然有序的家园。

半坡地理位置沙盘

遗址博物馆内厅一角

西安半坡博物馆

半坡遗址前临浐河，后倚白鹿原，南边是终南山，北面是一望无边的渭河川地，是一个适合古人类定居和生活的好地方。六千年前这里的气候不像现在，温暖而湿润，相当于长江中下游亚热带气候。那时的白鹿原遍布原始森林，有各种各样的飞禽和走兽。

半坡遗址由居住区、制陶区和墓葬区组成。遗址总面积有5万平方米。1953年发现后，进行过5次大规模的科学发掘，挖掘遗址面积达1万平方米，目前可供参观的大约3000平方米。

半坡人吃什么？

他们以农业生产为主，兼营狩猎和捕鱼。

半坡遗址挖掘时发现了两个小陶罐，一个装着小米种子，一个装着白菜或芥菜类菜籽，说明他们已经开始农耕生产。其他证明他们农业劳动的还有出土的大量石器生产工具：石斧、石铲、石锄、石刀、石镰、石磨盘、石磨棒，等等。

此外，狩猎和捕鱼也是半坡人获取食物的方法，出现了弓箭、石飞索、石网坠、渔钩和渔叉。弓箭用树枝做弓，畜筋做弦，用石头或兽骨磨成锋利的箭头。石飞索，以兽筋、绳索或藤条两端系球组成，使用时手执

粮窖

半坡姑娘雕塑。她手里拿着的打水瓶子，正是六千年前半坡人使用的典型器物——尖底瓶

| 这个陶罐装着粟种 | 这个陶罐装着菜种 | 劳动工具 |

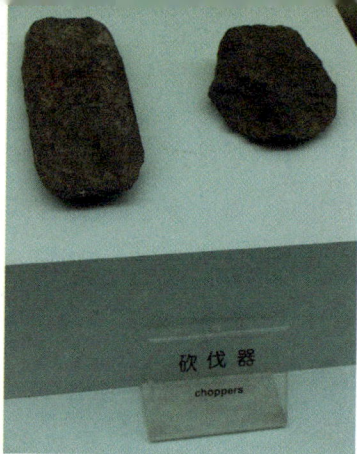

一端举过头顶用力旋转，对准野兽掷出，由于离心力和惯性作用，飞球索在空中继续旋转，遇到障碍物后则自然缠绕，由此捕到逃跑的野兽。值得注意的是，半坡的鱼钩已经制作得非常精巧，它用骨头角料磨制而成，上面带一个倒刺，看似简单，但却是一个极富才智的创造，以后几千年鱼钩的形状再未改变过。

半坡人穿什么？

陶纺轮、石纺轮、骨梭、骨针都是遗址中出土的纺织工具；一个陶钵底部的布纹则是用麻布直接印上去的，这都证明半坡人已经学会割取大麻杆、芝麻杆或葛麻杆上的纤维，用纺轮捻成线或细绳，把线理成很多条经线，然后用骨梭把纬线织上去。尽管这样的"布"很粗糙，但缝在一起穿在身上，就是最原始的衣服。

半坡人不仅穿上了衣服，而且知道佩戴各种装饰品来美化自己。在这里看到的石环、陶环、骨笄、石璜、蚌壳、兽牙、各种珠饰、坠饰、片状饰、管状饰等，分别装饰于半坡人全身的不同部位：兽牙和蚌壳钻出孔，用绳子穿起来挂在颈部和腰部，大量的骨珠是围在腰间的，石环和陶环戴在手上或耳朵上，骨笄是用来绾住头发的发饰。

半坡人住哪里？

在人类居住或活动比较固定的地方，通常会在天然"生土"上堆积起"熟土"层，称作"文化层"，其中夹杂有人类生活遗留物和活动痕迹。如果未经扰乱，年代晚的层位总是叠压在年代早的层位上。考古发掘遵循这一规律，按地层构造自晚而早做有序揭露。依据发掘材料进行研究，便可重现遗址的历史。半坡遗址的文化层包含着四个阶段人们生活遗留物的堆积。

半坡遗址的村落呈不规则圆形，一条大围沟划分出三个部分：围沟内是居住区，沟外北边是墓葬区，东边是制陶区。村落中间有一条小沟，将村落分成两部分。总共发现房屋遗迹46座，储藏东西的地窖200多座，饲养家畜的

锥形房屋遗址

锥形房屋复原模型

方形屋子遗址

方形屋子复原模型

圆形房屋遗址

圆形房屋复原模型

圈栏2座，各种墓葬250座，陶窑6座。

村落中心是一座160平方米的大房子，它的周围密布着氏族成员居住的小房子，面积一般在10～20多平方米，小房子的门朝向中心大房子。大房子是老人、儿童居住的地方，也是氏族举行集体聚会、商讨事务、举行氏族议事会，以及进行各种祭祖仪式的场所。小房子是氏族内成年女子的住所，她们晚上在这里接待外氏族前来走婚的男子，过着阶段性对偶夫妻生活。

从村落的布局分析，半坡人是高度发达的母系氏族聚落群体，她们以血缘关系为纽带，在女性氏族首领的带领下，过着共同劳动、共同生活、尊老爱幼、人人平等、产品平均分配的原始共产制生活。

半坡人在这里生活了近千年，留有三层建筑痕迹。半坡早期的房屋均为半地穴式，有圆形和方形两种，当时人们还不会筑墙，所以房屋有一半伸入

早期的半地穴式房屋复原模型

后期的房屋样式

地下以增加房屋空间。

最早的半地穴式圆形房屋，门朝南开，有一个门道，柱洞呈圆形排列，形状是扁长形，可知支撑房屋的木柱为扁长木板。这种房屋在建筑学上称穹隆状房屋，复原后外表形态类似北方的蒙古包。

半地穴式方形房屋，门向南开，有一个斜坡状门道。门道两侧有两组对称的柱洞，是防雨门棚的支柱留下的遗迹。门道里侧有一道门槛，为防止雨水流入室内而设。房屋中心有一个灶坑，是供房屋主人取暖照明和烧烤食物所用。居住面用泥抹得很平整，人们坐、卧、休息、活动全在这里。这类房屋以坑壁作墙壁，从四壁将木椽斜伸向房中间悬壁交接，构成四面坡状的屋顶。屋内有两根立柱支撑顶部，木椽上以藤条、植物茎叶等缠绕作面层，外敷草泥土，复原以后，是一个带有防雨门棚的四面坡状的半地穴式方形房屋。防雨门棚的出现，使房屋初具后世"前堂后室"的建筑雏形。

半坡人用什么？

半坡人日常生活使用的是自己制作的彩陶。

陶器几乎和农业生产同时出现，尤其是人类实现了相对定居的生活之后。陶器是人类第一次借助火的威力，使一种物质通过化学变化，制造出自然界所没有的另一种新物质，这种创造发明的意义是伟大的。

半坡人的陶器种类繁多，器形多样，以原始的手工制作为主，基本方法是泥条盘筑法，即先将陶泥和好，用手搓成泥条，由下往上按不同器型一圈

陶窑遗址

出土陶艺工艺品

陶瓮

圈盘绕而成，晾干后入窑烧成。

半坡人的陶器按质地可分为加沙陶和细泥陶两类，按生活的不同用途，又可分为饮食器、炊器、水器和储器四类，每一类都有不同的材质和制作工艺要求。

在半坡的钵类陶器外口缘的黑带纹上，人们发现了22种刻画符号，共113个标本，多数学者认为，这是半坡人用来记事、记数的符号，是甲骨文的前身，是中国文字的萌芽。

半坡人最杰出的艺术典型是陶器绘画，线条简练，形式古朴，带有纯真朴实的原始性质。纹彩以红底黑花为主，用赤铁矿粉做绘画颜料，使用多种绘画工具，绘画的对象多是自然界中的山水草木，鱼虫鸟兽，绘画内容多与生产活动有关。

瞧，这个鱼纹盆上画着三条鱼，就像在水中不停地游动，所画之鱼，头、鳃、身、鳞、

出土陶器

最著名的鱼纹盆

尾俱全，生动而具体，写实而简练，反映出高超的绘画技法。人面鱼纹是半坡彩陶中最具代表性的作品，由人面和鱼组成，圆形的人面上有清晰的眼、耳、口、鼻等五官形象。眼用直线表示，仿佛眯着眼，鼻子像倒立的"T"字，口大张着，嘴角各衔一条鱼，双耳和头顶也用鱼或鱼形纹代替，有的头顶上有锥形装饰，似为发髻，并横穿一个发笄之类的装饰。在遥远的史前时期，为什么把鱼和人组合在一起？真是神秘莫测，令人费解！

半坡人不仅在陶器上绘画，还用其他手法进行装饰，如锥刺纹、剔刺纹、绳纹、附加堆纹、指甲纹等，尤其是指甲纹，整体一律，繁简适度，非常美观。在半坡还发现了两枚陶埙，一枚只有吹孔；一枚一个吹孔，一个音孔。如果转换角度吹奏，可发出四个音节，是中国最古老的乐器之一。与彩陶相比，雕塑品尚显得稚拙古朴，主要有鸟形、兽形和人头形，等等。

祭祀遗迹

半坡人的祭祀与信仰怎样?

2002年至2005年，在为新的遗址保护大厅做墙基考古清理的时候，在半坡意外发现了祭祀活动的遗迹。新发现说明半坡时期的人们曾用立石、烧火和掩埋象征性的陶器等方式进行祭祀，而且在祭祀遗迹的分布区还发现了几座墓葬。

祭祀坑中有两组陶器呈圆形堆在一起，一组有49个，多为鸡蛋大小的陶罐，另一组为数量更多更小的陶器。从堆放的方式和器形来看，既不是实用的生活器皿，也不是存放物或陪葬物，而且在它们的南边约两米处，立着一个高约80厘米、直径约20厘米的经过加工的石柱，石柱也不是生产工具或其他实用物器，完全可以认定是与祭祀相关的物品。

而这个祭祀坑所处的位置正好在村庄的中心区，是大房子旁的中心广场，因而认定这里是半坡人礼拜天地的特殊地点——祭祀区，是有理有据的。这一发现说明在我国新石器时代，原始先民们已经开始了祭拜天地的活动，他们把劳动的收获和成果，以燃烧的方式献给天神，以埋于地下的方式敬献给地神和谷神，并逐渐成为我国延续几千年的古老祭祖制度的主要内容。

半坡人丧葬怎样?

在村落居住区的北面是半坡人的墓葬区，发现有成人墓葬174座，墓葬排列整齐有序，死者的头一律向西或西北，表现出了灵魂观念。死者大多都有陪葬品，主要为日常生活用品，如打水的瓶子，炊煮的罐，盛物的盆、钵、碗等，数量一般为三四件，差别不大，看来死者生前地位相当，人人平等，死后也平等相待。仰身直肢葬是正常死亡的人的一种葬式。

墓葬区内发现15座俯身墓。与仰身直肢墓不同的是，俯身墓均无随葬品，而且有的头朝向南方或北方。在半坡墓葬中，还发现一些死者被断指或被断肢情况，用断指、断肢为本人或他人随葬的现象称为"割体葬仪"，这种葬俗也存在于其他地区，如在印第安人克洛部落中，曾把断指视为对友人的报答，或是作为祭祀中的奉献。在半坡墓葬出现这种情况，它的含义无法确知。

表现出了灵魂观念，死者大多都有陪葬品

曲肢墓发现较少，死者往往被葬在废弃的窖穴之中，有可能是非正常死亡的人。俯身墓和屈肢墓，均为对非正常死亡者使用的特殊葬俗。

合葬墓有两座，一座为两个男性，年龄为30～40岁，可能是俩兄弟；一座为4个女性合葬，年龄为15～25岁，可能是4个姐妹。

仰身直肢墓

在半坡没有发现成年男女即夫妻合葬墓，反映了当时的婚姻形态及母系氏族社会的特征。

二次葬是半坡氏族部落时代主要的葬俗之一。其葬法是：人死后将尸体先停放或埋在一个地方，待其腐烂后，将骨骼堆积在一起进行第二次埋葬。当时的人们可能认为血肉是人世间的，肉体腐烂后对骨骼进行正式埋葬，死者才能进入鬼魂世界。一些处于原始时代的民族，举行二次葬时往往还举行

四位女性合葬墓

俯身墓

二次葬墓

一定的仪式。纵观考古资料，并结合民族学的调查研究可知，这种葬式通常表示对死者的重视。

极少数死者被草草地葬于废弃的窖穴之中，有可能是非正常死亡的人。考古学将这种葬式称为"灰坑葬"，多用于未成年的儿童。半坡人对未成年的孩子一般用瓮棺葬在住所的附近。居住区共发现瓮棺葬79座，反映了儿童的死亡率较高。瓮棺葬通常是用陶瓮或陶罐作为棺具，上盖陶钵或陶盆。如果尸体较长，瓮棺就用两个陶盆相扣，残破部分再用钵的碎片遮盖。瓮棺的盖上或底部多有一个孔，是人们有意识所钻，是原始宗教信仰的具体表现。他们认为小孩肉体虽死，但灵魂未灭，小孔是供灵魂出入的孔道。孩子葬在居住区，这或许是一种制度？或许与母亲与孩子的情感有关？不得而知。

在孩子墓葬中有一特例，墓主人是一个三四岁的小女孩，对她反常地按成人葬俗埋葬，且有木板作棺椁，随葬品有陶器、石球、石珠、耳坠、一钵粮食等，数量远远超过成年人。对小女孩如此的厚葬，反映了她特殊的身份和地位，也是母系氏族女性享有特权的一种体现。

参观半坡的意义，在于让我们清楚地了解了华夏民族的祖先是怎样写下民族发展史与民族文化第一页的。

对未成年的孩子半坡人一般用瓮棺将其葬在住所附近

宝鸡:

寻找改变命运的种子

离开甘肃天水向陕西宝鸡进发，火车一路向东在崇山峻岭中穿行。宝鸡比天水大很多，市内有炎帝陵和炎帝祠，这不是史迹，而是近年修起来的文化工程，真正的炎帝陵在云台山，离宝鸡还有一段路程。市内的青铜器博物馆和金台观很

与回族学者马志俭合影于宝鸡金台观

宝鸡金台观

道教奇人张三丰在这里修炼过

奇特的屋内装饰在道观中独树一帜

值得一看。

　　金台观位于宝鸡火车站北两公里处，附近有北坡森林公园，从火车站步行即可抵达，远比坐公交车方便许多。金台观初建于元朝末年，因明初著名道人张三丰在此修行传道而声名大振。张三丰在民间有较大的影响，深受明朝几代皇帝的赏识。据《明史》记载，明太祖朱元璋、成祖朱棣多次召他进京，均被婉言谢绝。金台观屡经修缮扩建，观内的三丰、飞升、药王、姜嫄诸洞，三清、太子、灵官、玄帝诸殿相继落成。嘉靖四十三年重修玉皇阁，创建了白衣大士殿，增修了叠嶂府、文营宿等洞窟。清代末年创建了三丰洞和规模浩大的三叠崖工程。民国初年增建了太皇宫和鸣凤楼，成为我国北方黄土高原特有的窑洞式道观建筑群。

三丰殿

三叠崖工程

窑洞式道观建筑群

姜嫄洞

金台观最著名的景物是与张三丰有关的"三绝"。

第一绝"翻瓦罐"。传说张三丰有一次农忙时帮助附近农民耕种，中午与王老汉一起用餐，饭罢张三丰见瓦罐内还沾着很多饭粒，就说："不要糟蹋了。"说完他提过瓦罐，双手沿罐口边捏边舔，米粒舔干净了，瓦罐却被捏了个里朝外，王老汉和乡民们惊讶不已。后来这个翻过的瓦罐保存在王老汉家中，三丰洞建成后王家拿出来供奉保留至今。

第二绝"瓜皮书"诗碑。据说这诗碑原在古池州的青牛宫内，一位宝鸡商贾看到后出重金布施，得允拓捶四帧真迹，携回裱褙好悬于三丰洞内。日久，恐其湮灭，遂请巧匠镌石二方矗之观内，方使真迹留传至今。至于青牛宫石碑的来历，相传有一年暑天张三丰吃了当地农夫的西瓜，应邀题字，张三丰用西瓜皮沾着锅灰

北方窑洞式道观

在白布上写下一首诗,诗曰:

> 仙境闲寻采药翁,草堂留话此宵同;
>
> 细看山下云深处,信有人间路不通。
>
> 泉引藕花束洞口,月将松影过溪东;
>
> 求名心在闲难遣,明日马蹄尘土中。

后来乡民思念三丰仙师恩德,遂将书帛描摩,精镌成"瓜皮书"碑刻。

第三绝"神锄定柱"。金台观山门正面的明代建筑玉皇阁巍峨壮丽,每逢雨过天晴,在朝霞夕阳下,更显金碧辉煌,流光溢彩,有宝鸡八景中"金阁流霞"之美称。细心的人会发现,阁内三清殿门两边檐栋上的柱础各垫有一块农家用的铁板锄,是这个建筑成功之神秘所在。

相传,乾隆年间重修金台观,当天立木,次日梁柱倒塌,连续数日不成,急坏了负责修建工程的人。一天晚上,劳累不堪的会首在房里打盹,见有位鹤发童颜、蓑衣布衲的老道,右手持九节藤杖,左手托着乌黑发亮的东西走来说:"我在宝鸡多年,深知民风淳厚,乐善好施,为感戴乡亲,特送神铁两块,明日立木,置于基上,础固殿稳,俗道安泰。"会首惊觉醒来,方知为梦,手中却拿着两块铁锄板,随即将此事告知绅民及工匠,大家莫不欢欣鼓舞。第二天如法而作,果然顺利,三清殿得以修葺落成。后来,人们发觉供奉

第二绝"瓜皮书"诗碑

第三绝"神锄定柱"

夕阳下的金台观高台

在飞升洞中张三丰所遗的蓑衣、布衲、藤杖依在，只是耕耘用的两把锄头只剩下木柄，而铁锄板却不在了，始知定柱神铁是张三丰用过的铁锄板。从此，民间流行开了"神锄定柱"的传说。

我看到观中墙上有"道教三宝"的张贴。上面写着：第一层意思，指的是道宝、经宝、师宝。所谓"道宝"，是指太上三清之尊；所谓"经宝"，是指三洞四辅真经也；所谓"师宝"，是指十方得道神仙。第二层意思，是道学开山祖师老子的道家思想："一曰'慈'，二曰'俭'，三曰'不敢为天下先'。"这是精神领域的三宝。第三层意思，是道教修炼家所认为的"精、气、神"为人身之三宝。

道院最讲清静，是十方修真之士聚会之地。那里地秀物灵，仙气浓郁，羽士出入，仙圣来往，道范宣行，众生闻经悟道，故要以清静、虔诚、淡泊为心志而出入道观，不可妄为喧哗。诸般法器各有妙用，不能随意敲击，妄为之举会打破清静，惊扰微灵，阴阳紊乱，鬼神不安，人事不和，魔障四起，是非丛生。因此只有静心入观，用敬心面圣，才能祈得家安人和，四时顺遂，诸事和谐。

金台观是宝鸡博物馆最早的馆址，博物馆搬出后移交给了道教协会。在这里，我邂逅了老学者、雕塑艺术家、文物考古研究员马志俭及他的一位弟子。马先生70多岁了，回族，至今只身一人在金台观过着非常简朴的生活。

他早年毕业于艺术院校，20世纪50年代即有画名。20世纪70年代由他主持的宝鸡茹家庄西周墓和铲车厂汉墓考古发掘，在国内考古界有重大影响。

他根据考古发现及有关历史资料引证，完成了论文《兰亭论辩（与隶书时代）说考》。1993年他复原北宋石鼓，写出了极具学术价值的《陈仓石鼓北宋原貌复制录考》，同年创作了长20多米的《石鼓文长卷》，使得学术界兴起对国宝石鼓的研究热潮。鉴于他对祖国重要文化遗产的保护，以及为人类进步事业所作的贡献，他曾多次获奖。

马志俭与他的弟子正在讨论学术问题

马先生有耳疾，通过弟子的复述，我们聊了近两个小时，要不是天黑下来，还会聊下去。我们一起探讨了炎帝的出生地，谈了新建的炎帝陵对历史真实的违背，还谈了宝鸡在中华文化中的地位，以及民族融合中陕西一带的小民族、小国家如何消亡的问题。分手的时候，意犹未尽。

离开金台观，一抹余晖映得玉皇阁金碧辉煌。抬眼远望，秦岭叠嶂，环列如屏，近观山脚翠色欲滴，俯视渭水萦回若带，市区高楼林立，万千景象。告别了马志俭老人，我不禁为他目前的境遇有些唏嘘。他不在意物质的享受，而专注于自己的精神世界；他不在乎名利场的得失，却坚持着自己那颗炽热的心。他为时代的苦难所造就，而最终抛弃了时代的虚妄与媚俗。

人们到寺庙烧一炷香，在道观做次道场，求的就是平安，祈祷的就是幸福。然而，在马志俭心中，对平安和幸福似乎有自己的理解，那就是心灵的平静——平静地生活，平静地做自己挚爱的事业。或许这就是他几十年如一日的"脱胎换骨"，或是一种"转运"方式？从马志俭的身上，读到他那颗深陷在美丽或痛苦的梦幻中的心灵，他是杰出的属于心灵的学者、艺术家。

黄陵：

他始终看着我们

河南新郑是中华民族人文始祖黄帝的出生地，游览那里后我写过一篇介绍黄帝生平事迹的文章《黄土坡上飞来一抹红霞》。黄帝高寿，相传活了118岁，陕西黄陵县桥山便是他的陵园。旅行到这里，我拜谒了这位长眠于黄土地的祖先。

黄帝是我国原始社会末期一位伟大的部落首领，是开创中华民族文明的祖先。他用玉做兵器，造舟车弓矢。他的妻子善养蚕，其史官仓颉创造了文字，其大臣挠创造了干支历法，其乐官伶伦制作了乐器。我国能成为世界四

雄伟壮丽的陕西黄帝祠

大文明古国，与黄帝的赫赫殊勋是分不开的。因此，中华民族祭祀黄帝陵庙的活动，早在春秋战国时代就开始了。

黄帝陵园最早建于秦代。秦统一六国后，规定天子的坟墓一律称作"陵"，一般庶民坟都称作"墓"。汉代规定，天子陵旁必设"庙"。刘邦建立大汉后，就在桥山西麓建起"轩辕庙"。到了唐代宗大历五年，又对轩辕庙进行了历时两年的重修扩建，并栽植柏树上千株。宋朝开宝二年，因沮河连年侵蚀，威胁庙院存亡，将轩辕庙由桥山西麓迁移至桥山东麓黄帝行宫。这就是当今人们前来拜谒的轩辕庙。之后，元、明、清各朝，辛亥革命前后直至当今，都对黄帝陵庙进行过多次修缮和扩建。现在的黄帝陵庙，规模和范围已远远超过历代。

黄帝陵有很多动听的传说。据说黄帝活到110岁的时候，经常出现恍惚感，有生命快要终结的预兆。118岁的时候，他东巡神州，突然晴天一声霹雳，一条黄龙自天而降，对他说："你的使命已经完成，请你和我一起归天吧。"黄帝自知生命最终时刻将到，便上了龙背。当黄龙飞越陕西桥山时，黄帝请求下驾安抚臣民。黎民百姓闻讯从四面八方赶来，个个痛哭流涕。在黄龙的再三催促下，黄帝又跨上了龙背，人们拽住黄帝的衣襟一再挽留。黄龙带走了黄帝，剩下了黄帝的衣冠。人们便把黄帝的衣冠葬于桥山，起冢为陵。这就是传说中的黄帝陵的由来。但也有人说，黄帝去世后就安葬在桥山。因为黄帝的功绩盖天，人们对他的逝世非常悲痛，泪水如流，于是将陵前的河流称为"沮河"，意为泪水汇成的河，可见人们对他的尊敬和崇拜。

黄帝陵古称"桥陵"，为中国历代帝王、著名社会贤达和人民群众祭祀黄帝的场所，在全国重点文物保护单位中编为"古墓葬第一号"，有"天下第一陵"的美誉。

桥山位于黄陵县城北约1公里处，山体浑厚，气势雄伟，山脚有沮水环绕。山上有8万多棵古柏，四季常青，郁郁葱葱。轩辕黄帝的陵冢就深藏在桥山巅的古柏中。陵墓封土高3.6米，周长48米，环冢砌以青砖花墙，陵前有明嘉靖十五年碑刻"桥山龙驭"，意为黄帝"驭龙升天"之处。冢前有一祭

轩辕黄帝的陵冢就深藏在桥山巅的8万棵古柏中

黄帝陵

冢前为一祭亭，亭内立有郭沫若
手书"黄帝陵"碑石

亭，亭内立有郭沫若手书"黄帝陵"碑石。陵园区周围设置红墙围护，东南侧面为棂星门，两侧有仿制的汉代石阙。陵园区内地铺青砖，显得古朴典雅。

陵前正南、陵园围墙外有一土筑高台，相传是汉武帝祭祀黄帝所筑的"汉武仙台"。台高20余米，现用块石砌筑并建有登台石阶及云板、护栏等，是后世人攀高怀古、顷怀先祖的好地方。

黄帝庙及庙前广场修建得气势恢宏，入口广场5 000块大型河卵石铺砌的地面，象征中华民族的五千年文明史。广场北端为轩辕桥，粗犷古朴。轩辕桥下及其左右水面为印池，桥山古柏倒映池中，与蓝天白

5 000块巨石铺就的祠前广场　　　沮河之畔秀色与黄帝祠的雄伟交相辉映

云交相辉映，为黄帝陵平添了无限灵气。

　　入庙院山门，首先映入眼帘的是一棵千年古柏，遒枝苍劲，柏叶青翠。传为轩辕黄帝亲手所植。过诚心亭，即为碑亭，亭内立有毛泽东手迹"祭黄帝陵文"和蒋中正手迹"黄帝陵"碑石。亭侧有一高大古柏，即"汉武挂甲柏"，枝叶茂盛。

　　轩辕庙正殿面阔七间，进深三间，歇山顶，门楣匾额"人文初祖"，系国民党元老程潜手迹。殿内正中木质壁龛内嵌浮雕轩辕黄帝石像。碑亭东为碑廊，有历代碑石40余通。其中有：宋仁宗嘉祐六年（1061年）所立奉旨栽植松柏1413棵记事碑，元泰定二年（1371年）禁伐黄帝陵树木圣旨碑，明太祖洪武四年（1371年）祭黄帝陵御制祝文碑，清圣祖康熙二十七年（1689年）祭黄帝桥陵碑，以及1912年孙中山宣誓就职中华民国临时大总统后亲自撰写的《祭黄帝陵文》碑石等。

　　每到清明时节，来自世界各地到这里拜祭的炎黄子孙络绎不绝。黄帝先祖静静地躺在这

孙文手书

225

传说这是黄帝亲手植下的松柏——轩辕柏

黄帝祠

黄帝祠主殿

里，聆听着一个又一个子孙的祈祷与报告，也静静地看着万万千千的你和我，看着五千年来神州大地上发生的一切。

站在这里，身为中华民族的子孙，倍感前进道路漫漫，肩头责任重大。

附毛泽东在抗日时期所作《祭黄帝陵》：

赫赫始祖，吾华肇造；胄衍祀绵，岳峨河浩。聪明睿

巨钟

黄帝浮雕塑像

祭奠广场

黄帝祠里的夸父追日石

独具特色的纪念性建筑，光照日月

象征中华九州的鼎和黄皮
肤子孙的猎猎黄旗

香港、澳门回归纪念碑

黄帝纪念广场上的建筑物

毛泽东手书的祭奠黄帝陵文稿

智，光被遐荒；建此伟业，雄立东方。世变沧桑，中更蹉跌；越数千年，强邻蔑德。琉台不守，三韩为墟；辽海燕冀，汉奸何多。以地事敌，敌欲岂足；人执笞绳，我为奴辱。懿维我祖，命世之英；涿鹿奋战，区宇以宁。岂其苗裔，不武如斯；泱泱大国，让其沦胥。东等不才，剑屦俱奋；万里崎岖，为国效命。频年苦斗，备历险夷；匈奴未灭，何以家为。各党各界，团结坚固；不论军民，不分贫富。民族阵线，救国良方；四万万众，坚决抵抗。民主共和，改革内政；亿兆一心，战则必胜。还我河山，卫我国权；此物此志，永矢勿谖。经武整军，昭告列祖；实鉴临之，皇天后土。尚飨！

韩城：
喝下了自己的眼泪

汉武帝与秦始皇一样，对中国作出过巨大贡献，但也是一位暴君。关于汉武帝的"暴"，典型例子就是对司马迁的"宫刑"。

司马迁（公元前145～前87年后），字子长，西汉夏阳（阳这里念"假"，今陕西韩城）人，我国西汉时期伟大的史学家、思想家、文学家，著有《史记》，又称《太史公记》，他记载了上自中国上古传说中的黄帝时代，下至汉武帝太初四年（公元前100年），共三千多年的历史。司马迁性情

司马迁墓

司马迁祠墓建筑群自下至上有数块牌坊矗立

由此沿坡上行，可抵司马迁祠墓

耿直，敢于发表自己的意见，因而得罪了皇上，成了"祸从口出"的典型人物。

2009年4月27日清晨，经过一夜的火车颠簸，我来到司马迁的故乡及其墓陵所在地陕西韩城。韩城是国家历史文化名城，与山西的河津很近，中间隔着黄河"龙门"。传说大禹曾在龙门开山治水。司马迁的家乡正好在这片区域，所以司马迁说他小时候是生活在"耕牧河山之阳"。

一路上行，景色秀丽

司马迁的墓祠在韩城南面10公里芝川镇的韩奕坡悬崖上，始建于西晋永嘉四年，是国家级文物保护单位。祠墓建筑自坡脚至顶端，依崖就势，层递而上。拜祭需一路向上，给人高山仰止的感觉。登上

"高山仰止"牌坊，寓意司马迁德高如山，世人至为敬仰

由此可再迤逦而上

巅峰，可东望滔滔黄河，西眺巍巍梁山，南瞰古魏长城，北观芝水长流，可谓山环水抱，气象万千。司马迁墓修在这样壮观秀丽的自然风光中，更映衬出司马迁的高尚人格和伟大业绩。

据说司马迁的家族成员自唐虞至周汉，世代以记载历史和观测天文为业。父亲司马谈是汉武帝的太史令，去世后司马迁继承了祖传的史官恒业。少年时代的司马迁是在出生地韩城度过的。10岁随父亲至京师长安，向孔安国学《尚书》，从董

走完99级台阶登道就进入了祠院

祠堂内司马迁塑像

颂赞司马迁的碑刻

仲舒学《春秋》。父亲早就有撰写一部规模空前的史著的想法，也做了大量的资料收集和案头工作，但年事已高，时间与精力都承受不起，便把厚望寄托在了儿子司马迁身上。

司马迁大约20岁的时候，父亲为他安排了历时两年的游历。行程"南游江、淮，上会稽，探禹穴，窥九疑，浮于沅、湘，北涉汶、泗，讲业齐、鲁之都，观孔子之遗风，乡射邹、峄，厄困鄱、薛、彭城，过梁楚以归"。司马迁回到长安以后，做了皇帝的近侍郎中，随汉武帝到过平凉、崆峒，又奉使巴蜀，最南到过昆明。这些旅行和漫游，为他后来写作《史记》打下了坚实的基础，提供了丰富的资料储备。

司马迁的旅行不是游山玩水，而是认真的考察和体验。他在汨罗江畔，在当年屈原投江自沉的地方，高声朗诵屈原的诗，痛哭流涕，因而《屈原列传》写得那么有感情；在韩信的故乡淮阴，他搜集了有关韩信受胯下之辱的故事，体悟了韩信"小不忍则乱大谋"的超人胆识；在曲阜孔子墓前，他和当地儒生一起学骑马，学射箭，学行古礼，表达对孔子的纪念；在孟尝君的故乡薛城，他走乡串巷，以弄清孟尝君的好客养士与家乡民风有什么关系。

233

祠院古柏参天，环境幽静，置身
其中，如登青云，如临仙境

司马迁墓

正是这样深入民间，广泛接触民众生活，使得他对社会、对人生的观察与认识高人一筹。司马迁的旅行是真正的"读万卷书，行万里路"。

元封三年（前108年），司马迁38岁时正式做了太史令，他利用可以阅览汉朝宫廷所藏的一切图书、档案以及各种史料的机会，一边整理史料，一边参加改历。太初元年（前104年），我国第一部历书《太初历》完成后，他开始进入《史记》的编写。

万万没有想到，这部书刚刚开头，司马迁就遭到了厄运。缘由是汉武帝在处理李陵案时，认为司马迁为李陵辩护，判处他死刑，第二年改判宫刑。太始元年（前96年）汉武帝改元大赦天下。这时司马迁50岁，出狱后当了中书令，专心致志写他的《史记》。征和二年（前91年）经过16年的努力，《史记》全书完成。这是中国第一部纪传体通史，包括十二"本纪"，三十"世家"，七十"列传"，十"表"，八"书"，共5个部分，130篇，约52.6万字。《史记》记述了从传说中的黄帝至汉武帝太初四年上下三千年的历史，同时是部文学名著，是中国传记文学的开创性著作。

实录精神是《史记》的最大特色。汉朝的历史学家班固评价说，司马迁"其文直，其事核，不虚美，不隐恶，故谓之实录"。司马迁不为传统历史记载的成规所拘束，按照自己对历史事实的思想感情去记录。从最高的皇帝到王侯贵族，到将相大臣，再到地方长官，他不抹杀他们神奇、光彩的一面，但对他们的腐朽、丑恶以及对人民的剥削和残暴，也给予了深刻的揭露。虽是汉武帝的臣子，但对于汉武帝的过失，司马迁丝毫没有加以隐瞒，他把汉武帝迷信神仙、千方百计祈求不死之药的荒谬无聊行为，在书中淋漓尽致地描绘了出来。

后世对司马迁的评价极高，有"西汉文章两司马，南阳经济一卧龙"的说法，齐名于西汉的大文豪家司马相如、三国时期最璀璨的人物诸葛亮。鲁迅称赞《史记》是"史家之绝唱，无韵之离骚"。

我实地了解到，在司马迁陵墓所在处的韩奕坡悬崖下的不远处，有个庄子叫"徐村"，那里至今生活着司马迁的后代。每逢清明时节，他们怀着虔诚敬仰之情，成群结队地来到太史公祠，为先祖司马迁祭祀扫墓。而这些后代人不姓司马，分别姓冯或姓同，这是什么缘故呢？

原来，司马迁完成《史记》后，手稿交给汉武帝审阅，稿中在称赞汉武帝功德的同时，也斥责了汉武帝"内多欲而外施仁义"，汉武帝还看到了司马迁在狱中写给好友任安的一封信即《报任安书》，信中说自己活下来完全是为了完成《史记》。汉武帝对此勃然大怒，将手稿付之一炬。司马迁再遭迫害，死因无记载。

为了免遭满门抄斩之祸，司马迁夫人（妻子柳倩娘、侍姬随清娱），便让两个儿子司马临（字与仲）、司马观（字何求）身藏《史记》副稿，逃回故乡韩城。司马迁族人连夜商议，决定改姓和迁居。长房一系在"马"字旁加两点，改姓"冯"；二房一系在"司"字旁加一竖，改姓"同"，逃往当时荒无人烟的一处山地，定村名为"续村"，表示"高门之续"；后又担心被官家识破，取谐音字为"徐村"。后裔逃匿"徐村"后，为祭祀祖宗司马迁，合族兴建了"汉太史遗祠"。如今，"汉太史遗祠"依然完好地保存在千年古村徐村之中。

韩城民俗服装

当地的农具家什

传统家具

　　《史记》能够问世，功归于司马迁的外孙杨恽，他的母亲司马英是司马迁的女儿。司马迁死后，《史记》副本又辗转藏匿在女儿司马英家中。杨恽小时便读过这本书。到了汉宣帝的时候，杨恽被封为平通侯，这时朝政清明，他把尘封20年的外祖父的巨著献了出来，从此天下人才得以共读这部伟大的史著。

做花馍也是当地民风

一部中华民族的宏大史书，竟滴着这么多的斑斑血泪，不能不让人痛心疾首，怒斥皇权专制制度的黑暗与残暴，同时也高山仰止般地敬仰我们民族的第一支笔司马迁！

千秋功罪，谁人曾与评说？

司马迁，一个敢将自己眼泪喝下去，仗义执言的英雄汉！

秦始皇兵马俑遗址：

容下兄弟才能当大哥

骊山位于西安市城区向东约30多公里处，那里有两处重要景区，一是华清池，二是秦始皇陵。华清池曾是唐代皇家温泉浴场，因美人杨贵妃在海棠池洗浴过，以及1936年"西安事变"中蒋介石在下榻处被捉而闻名天下。秦始皇陵发现于1974年，经过数次掘进，已探明陵园分内城和外城两部分，内外城之间有葬马坑、珍禽异兽坑、陶俑坑，陵外有马厩坑、人殉坑、刑徒坑、修陵人员墓葬400多个，面积达25～56平方公里。1987年12月，秦始皇陵及兵马俑被列入世界文化遗产名录。

兵马俑博物馆向游人开放4个展区：一、二、三号坑，以及出土文物展。在3个兵马俑坑展区，基本保留着挖掘现场原样，那里有数以万计的各种各样的兵马俑。在众多的出土文物中，1980年发掘的一组两乘大型的彩绘铜车马——高车和安车，是迄今中国发现的体形最大、装饰最华丽、结构和系驾最逼真、最完整的古代铜车马，被誉为"青铜之冠"。

这两部铜车马工艺之复杂，做工之精巧，技艺之卓越，令世人惊叹。两辆铜车都是带有篷盖的豪华车，加起来有5 000多个零部件。令人拍手叫绝的是，这5 000多个零部件无论是大至2平方米以上的篷盖、伞盖及车舆、铜马、铜俑等，还是不足0.2平方米的小纹勒管，都是一次性铸造成型。工艺不要说在两千两百年前的秦代，就是在科技发达、设备齐全的今天也并非易事。铜马、铜俑的铸造也令当代的工程师望尘莫及，而且8匹铜马、2位御官俑的造型都达到了惟妙惟肖的程度，堪称古代青铜冶铸的奇迹。

秦始皇兵马俑陪葬坑，是世界最大的地下军事博物馆。俑坑布局合理，结构奇特，展示出的建筑结构、陶俑排列、兵器配备和出土文物，是研究古代指挥部形制、卜占、出战仪式、命将制度及服饰装备等珍贵的视觉与实物

西安秦始皇兵马俑博物馆

资料。战车与实用车大小一样；人、马车和军阵通过写实手法实现了艺术再现；在庞大的群体中，包容了众多不同的个体，使群体更显得活跃、真实、富有生气，使雕塑艺术成就达到了一种艺术美的高度。"静极则生动，愈静则愈动"。唯有这种静态的军阵，才能使人们感到这支劲旅巨大的威慑力和神秘莫测。这样恢宏的阵列，宏伟的构图，空前绝后，无与伦比，体现了中

1980年发掘彩绘铜车马车上的阳伞装置，可以自由调节各种角度，是不可思议的创造

一号兵马俑大厅

二号兵马俑大厅

三号兵马俑大厅

兵马俑吸引了全世界的目光，也令中华民族每个成员感到骄傲

国古代人民的伟大智慧和伟大创造力，它让外国人赞叹，让中国人骄傲！

秦始皇（前259年～前210年），中国历史上第一个大一统王朝——秦王朝的开国皇帝。嬴姓，赵氏，名政，秦庄襄王之子。汉族（华夏族），出生于赵国首都邯郸（今河北省邯郸市），公元前247年，秦王政13岁时即王位，年幼时朝政由太后和相邦吕不韦及嫪毐掌管。秦王政九年（前238年），秦始皇22岁时，在故都雍城举行国君成人加冕仪式，开始"亲理朝政"。除掉吕不韦、嫪毐等人，重用李斯、尉缭，自前230年～前221年，先后灭韩、赵、魏、楚、燕、齐六国，39岁时完成了统一中国大业，建立起一个以汉族为主体、多民族统一的中央集权的强大国家——秦朝，定都咸阳。公元前210年，秦始皇东巡途中驾崩于沙丘（今河北省邢台市）。

秦始皇塑像

兵马俑个体造型

骑士

弓弩手

　　秦始皇在统一中国上有很多伟大功绩，其中"书同文、度同制、车同轨、行同伦"最受称赞，为其后各朝代谋求统一奠定了基础。他北击匈奴，夺回河套地区，修建长城，有力地保护了华夏家园；他修建灵渠，修建连接全国的驰道和驿站，发展了生产力，发展了交通事业，促进了国内各民族的融合。

一马奔腾万马跟进，中华伟业浩浩荡荡

"最美中国系列"丛书简介

"Zuimeizhongguoxilie"congshujianjie

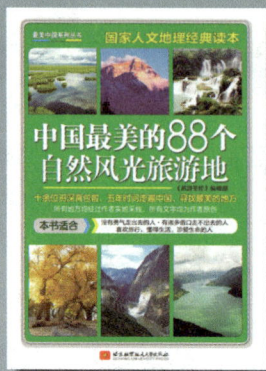

《中国最美的88个自然风光旅游地》

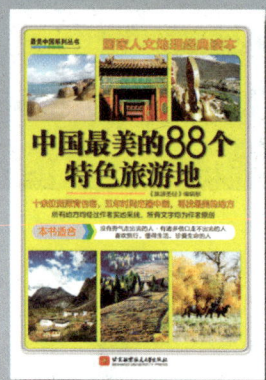

《中国最美的88个特色旅游地》

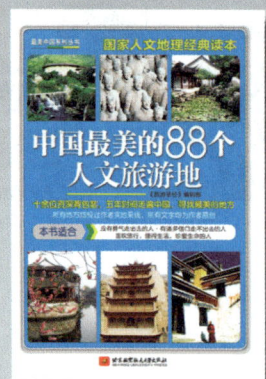

《中国最美的88个人文旅游地》

"最美中国系列"丛书是旅游圣经团队历经数年发展、走遍中国后推出的巅峰之作。团队组织所有优秀作者撰写本系列,可谓十余位资深背包客视野中的"最美中国"。

本系列丛书内容系作者原创,是他们心灵的真实感悟;照片系作者亲自拍摄,是他们对美的瞬间永恒的诠释。饱含人文底蕴的文字配上震撼人心的精美照片,定会给读者带来极致美好的心灵慰藉。

本系列丛书共三本:

《中国最美的 88 个自然风光旅游地》

书号:ISBN 978-7-5124-0242-3

定价:39.80 元

出版社:北京航空航天大学出版社

《中国最美的 88 个特色旅游地》

书号:ISBN 978-7-5124-0320-8

定价:39.80 元

出版社:北京航空航天大学出版社

《中国最美的 88 个人文旅游地》

书号:ISBN 978-7-5124-0394-9

定价:39.80 元

出版社:北京航空航天大学出版社

"中国最美旅游线路" 丛书简介

"Zhongguozuimeilvyouxianlu"congshujianjie

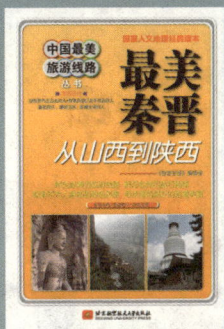

《最美秦晋——从山西到陕西》

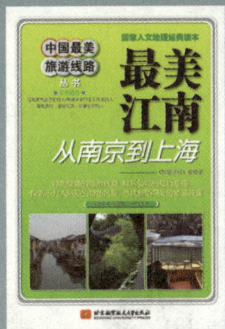

《最美江南——从南京到上海》

《最美中原——从洛阳到商丘》

《最美徽州——从黄山屯溪到三清山》

《最美湘桂——从湘西到桂林》

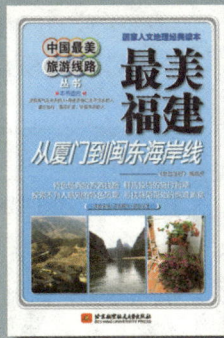

《最美福建——从厦门到闽东海岸线》

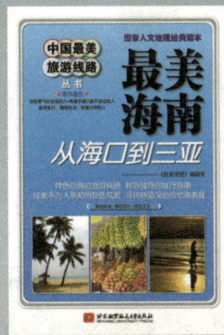

《最美海南——从海口到三亚》

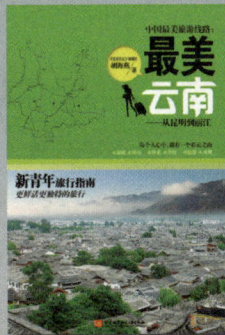

《最美云南——从昆明到丽江》

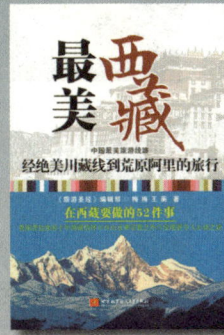

《最美西藏——经绝美川藏线到荒原阿里的旅行》

　　本套丛书追求有个性有特色的旅行，淡化走马观花的传统方式，追求历史、文化、民俗的深度感悟、风景、美食、住宿的独特体验，倡导"大景点"概念，提倡在一个地方要做几件事。除了游览出售门票的传统景点之外，更推崇在当地探索不为人熟知的特色风景，寻找巷陌深处的地道美食，住一家温馨浪漫的小客栈，听一段地方戏，寻一件民间工艺品等。这套丛书还打破了传统旅游书以省划分的模式，每本书都不限定某一个行政区域，而是在全国范围内精选多条特色经典路线，设计出最合理的行程安排，每条路线又可以根据读者不同的时间兴趣分化为数条小路线，全书景点行程可相对独立又紧密相连贯通一体。本套丛书由资深背包客实地考察后撰写，文字和照片均为原创，定能带给你全新的启示，使你的旅行充满趣味，更加丰富多彩。

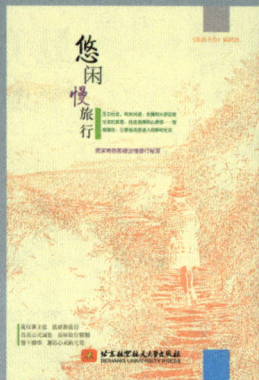

《悠闲慢旅行》

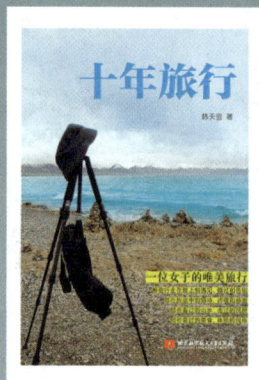

《十年旅行》

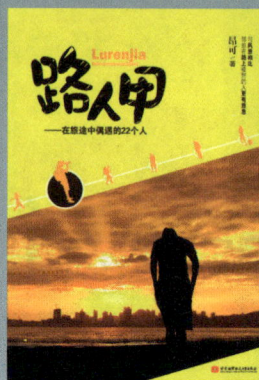

《路人甲》

《一个人旅行直到世界尽头》

《背着家去旅行》

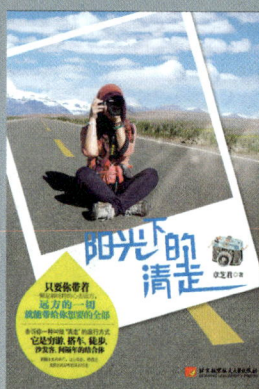

《阳光下的清走》

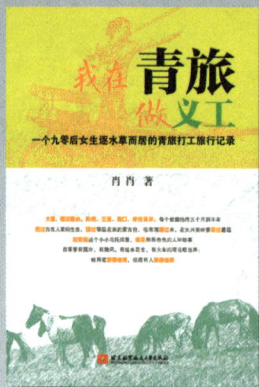

《我在青旅做义工》

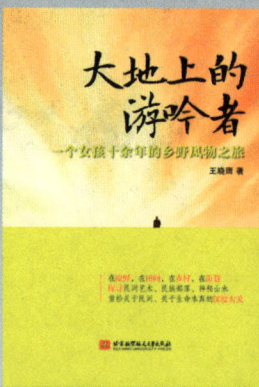

《大地上的游吟者》

《我住青旅游中国》

《搭车旅行：那些边走边晃的日子》

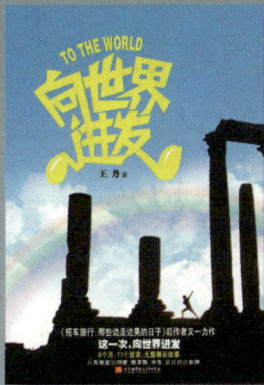

《向世界进发》

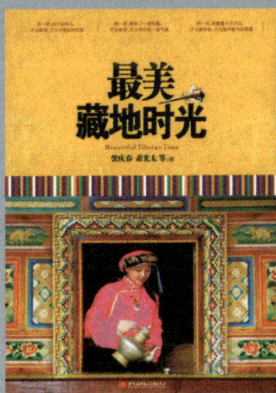

《最美藏地时光》

《最美云南时光》

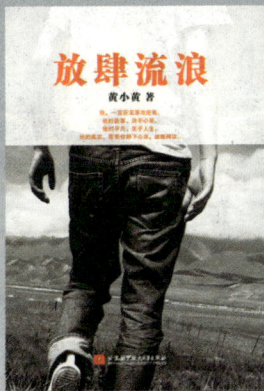

《放肆流浪》

《美在旅游中》

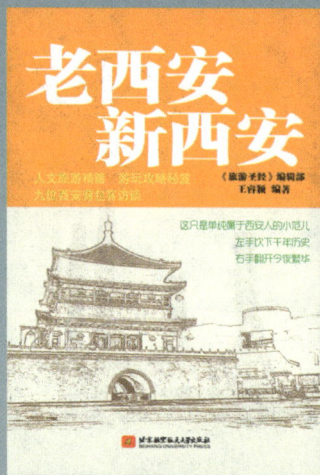
《老西安新西安》

《老上海新上海》

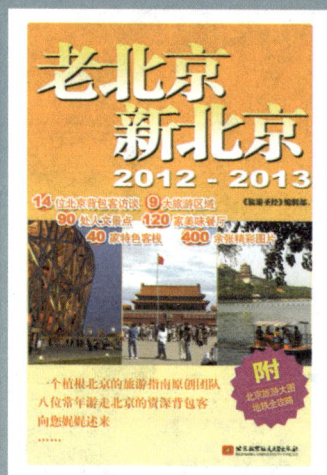
《老北京新北京 2012-2013》

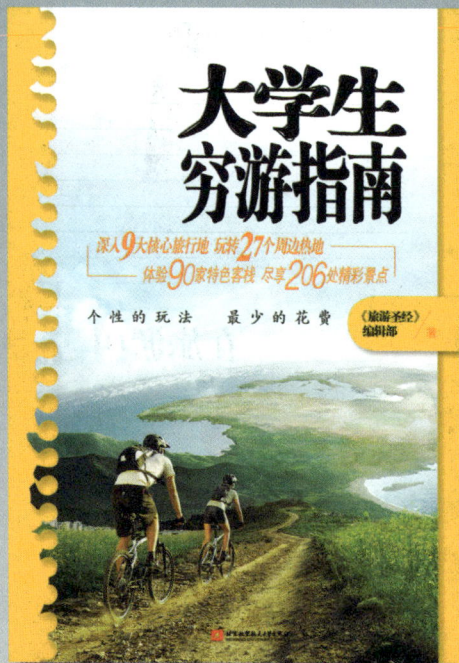
《大学生穷游指南》

《背包客》